お手がみください

髙森美由紀

今日マチ子／画

お手がみください

「免許・資格」欄ってこんなに広かったっけ。

漢字検定四級と書いて、まじまじと見る。これって早寝早飯と同レベルなのではないだろうか。

大丈夫かな。

大丈夫なのか、私。

一〇〇円ショップで買った履歴書には五枚入っていた。五社は賄《まかな》える。四社は落ちるということが前提か。いや、五社ストレート落ちもあり得る。同封枚数は、不採用数を暗示しているように思えて仕方ないのは、私の性格がなせる被害妄想なのだろうか。

ペンを置いて、窓を開けた。八分咲きの桜の香りが、夜風に乗ってそよと入ってくる。桜の香りは夜に引き立つ。


四月の頭、十年勤めた会社が潰《つぶ》れた。

三十一の誕生日、前日だった。

この会社が潰れたり、リストラされたらどこに行こうか、どんな仕事に就こうか、と想像したことはあったが、まさか本当に無職になろうとは。

従業員十数人の小さい会社だった。新聞はとっていないから載ったのかどうかは知らないけれど、テレビのローカルニュースには流れなかった。会社はひっそりと死んだ。

漢検四級しかない一般事務一筋十年の三十一女に再就職は可能なのか。

いっそ「免許・資格」は明記しないほうがいいんじゃないのだろうか。

……とりあえず、名前を書こう。

田中眞子
あたしの字はこんな感じだったっけ。

改めて自分の字と向かい合う。自分の名前を手書きする機会なんてめったになくなった。

へなへなしていて、筆圧は極めて弱く、字が「なんかすみません。あたし場違いじゃないですか？」とあからさまに卑屈な様子で肩身を狭くしている。じっと見ていると、まるで他人が書いたみたいに思えてくる。

裏紙に何回か書いてみる。田中眞子　田中眞子　田中眞子　田中眞子……。

あれ、あたしの名前って、この字の羅列《られつ》でよかったんだっけ。……なんだかわかんなくなってきた。「たなかまこ」って誰だっけ……。

ペンを置く。ひとまず深呼吸だ。

なんて捉《とら》えどころのない字だろう。主張も気力も何もない。

私はこれと正反対の字を知っている。

濃く太く、生命力があり、一文字一文字に訴えるものがあった。

おばあちゃんは――。

何度「たなか　かず」と書いても、「たなか　かずって誰」などということはなかっただろう。

自分の名前を書くことに、あれほど心血を注ぐ人を私は今までに見たことがない。

曾祖母《そうそぼ》の字は、曾祖母そのものだった――。


ゴールデンウィーク直前、「眞子。どうせゴールデンウィークなんにも予定ないでしょ」という侮辱満開の電話が両親からかかってきた。まさか失業中であることがバレたのか、とヒヤリとした。

「……私にだって予定ぐらいあります」

「ないでしょうよ」

ないんだって私の予定。三十一の独身女に「ゴミ出しといて」とでも言うみたいにごく自然に投下される一言。両親の屈託《くったく》のない声から、会社勤めを続けていると思い込んでいるのがわかる。そして休みの日に一緒に過ごす相手もないということも。

アパートのある街から、まだ花を咲かせる前のりんご畑と、田起こしの始まった田んぼが広がる景色の中を各駅停車の電車で一時間。木造の無人駅に降り立つ。高い建物がないので空が近い。めっきりシャッターが多くなった商店街を抜け、食堂と文房具屋の間の路地に入りかける。

「ああ。眞子ちゃん、お帰り～」

食堂の二代目のおじさんが店のガラス扉から顔を覗《のぞ》かせた。この店で、昔はよく曾祖母とそばを食べた。

「眞子ちゃんが盆と正月以外に帰ってくるなんて珍しいね」

「両親が退職を機にバリアフリーにリフォームするとかで、休み中、片付けを手伝わされるんです」

「ええ～、もう退職する歳になったんだ。眞子ちゃんちのご両親は、休みもなくバリバリに働いてる若々しいイメージがあったけど。そうかあ」

「もう六十ですよ。あとは嘱託とかパートでぼちぼちと雇ってもらうみたいです」

二代目は、働き者だねえ、と欠伸《あくび》をした。全くだ、私とは正反対。

失業してすぐ、事態を両親に打ち明けようかと思ったが、そんな恐ろしいことはできないとすぐさま打ち消した。「仕事が生きがい」と全身から発している両親に知られるのは恥ずかしいし、屈辱的だ。

　とにかく、帰る場所を失わないよう家賃だけは滞納してはならない。そのためには再就職を急がねば。

　路地を入り、文房具屋の裏の細い通りを渡った斜め向かいがうちだ。インターホンを押しながら玄関の引き戸を開ける。

　下駄箱も、傘立ても、上《あが》り框《かまち》の縁の擦り切れ具合も変わらない。実家は、いつ来ても実家の匂いがする。

「ただいま」

　リビングに顔を出すと、父がソファーから立ち上がった。作業着姿で頭と首にタオルを巻いて、やる気満々だ。

「いよーしよしよし、来たな。じゃ、早速やるか」

「え、今？　ちょっとさあ、お茶ぐらい飲ませてよ」

「お茶？　お茶あるかって聞いてるよー」

　父が母の方を振り返る。母はもうキッチンに座り込んで包丁を新聞紙に包んだり、鍋《なべ》やら釜《かま》やらを段ボール箱に詰めたりしていた。

「ないわよ」

背を向けたままの母の声には愛想のかけらもない。

「ないんだって。喉《のど》渇いたんなら水飲め水」

そういうことじゃないんだよなあ。

私は天井に向かってため息をついた後、座り心地のよさそうなソファーを未練たらしく視線でなでてからリビングを出た。

昔から変わらない素晴らしき両親。目的に邁進《まいしん》する以外に、考えが及ばない。


用意してきた着替えなどの荷物を自分の部屋に持って行くことだけは、お目こぼしをしてもらった。盆正月に来ても、いつも日帰りだったので、泊まるのは久しぶりだ。この部屋は高校卒業と同時に家を出るときに片付けさせられたから、家具ぐらいしか残っていない。ベッドの端に三つに折りたたまれた布団が寄せられている。干しておいてくれたらしく、ふかふかだ。掃除はしてもらえてないようで、家具にうっすら埃《ほこり》が積もっている。

机の引き出しをそっと開ける。ベニヤの底板にしみが点々と散っていて、削り跡が凸凹している鉛筆が一本残っていた。

実家の匂いは変わらないのに、自分の部屋にあったはずの匂いはもう消えていた。

私は曾祖母の部屋の掃除を命じられた。エプロンとマスク、軍手の一式を用意しているのはさすが、効率重視と褒めるべきか。

北向きの曾祖母の部屋は、カーテンが閉め切られ薄暗く、ひんやりしている。線香の香りがした。

曾祖母は私が小学校二年生の冬休み初日に死んだ。

中央にこたつがあり、壁に沿って戸棚、たんす、たんすの上には、私の知らない祖母と祖父、それから曾祖父に当たる人の位牌《いはい》が入った仏壇。小さなブラウン管テレビと冷蔵庫のコードは、しおたれた尻尾《しっぽ》のように畳に落ちている。

亡くなって以降三人とも、曾祖母の部屋を片付けると言い出すことなく、今まできた。空き部屋になった途端、勇んで有効活用しようと言い出しそうな効率重視の両親でさえも。

仏壇に花はない。ご飯もない。が、水と線香だけは供えられているようで、コップの水は透き通っており、線香立てには乾いた灰が小山を作っていた。たぶん、一日一回供えられているのだろう。線香の香りを追って、かび臭さと、ひっそりと沈殿する埃の臭いに気づかされる。一日一回の襖《ふすま》の開け閉めだけでは空気の入れ替えはままならないということだ。

「畳が日に焼けるから、カーテンを閉め切ってたんだけど」

いつの間にかそばに来ていた母が肩越しに言い訳する。

「リフォームするなら、別に日に焼けたってかまわなかったんじゃない？」

「まあねぇ」

母は口ごもった。

部屋を見つめる母の横顔を見て、私も黙った。

「いらなそうなものはこの袋に入れて。分別してよ」

母が町指定のゴミ袋を差し出して揺する。

「いらなそうなものって？」

「眞子が見て、いらなかったら捨てていいから」

そういうのってずるくない。内心ムッとして袋を受け取り、室内に踏み込んだ。

畳が湿気でぶよぶよとしている。

曾祖母が死んでから、ご飯と水を仏壇に供えるのは私の役目だった。朝、キッチンで母から受け渡されたものを運んで、チャッカマンでろうそくに火をつけ、線香を焚《た》く。生花は、四十九日を過ぎてからは造花に代えられた。

学校から帰れば、とりあえず曾祖母の部屋へ向かった。家具も服もそのまま残っている部屋は、曾祖母の気配を留め、私を安心させた。

学年が上がるにつれて、友達との付き合いや、委員会、部活などで忙しくなり、朝のお参り以外、日課として部屋に通うことはなくなったが、学校で何かあったりすると私はこの部屋を訪れた。ただただ膝《ひざ》を抱えて座っているだけなのだが、そのうち眠ってしまったこともあり、父や母に揺り起こされたものだ。

袋を手に、たんすを検《あらた》めていく。ベージュのズボン、オフホワイトのブラウス、真っ赤な肌着……。使っていない銀行のタオルや手ぬぐいは取っておいたほうがいいんだろうか。迷うものは後回しにして明らかに捨てられる物から袋に詰めていく。

なんだか、たんすから出してゴミ袋に入れるという行為が、死んだ曾祖母をたたき起こして、再び殺しているような気がしてくる。

こういう気分を味わいたくないから、母は自分ではしないのではないだろうか。考えすぎ？

伸《の》しイカみたいになった蛇の抜け殻を見つけたときには、腰が抜けそうになったが、そのほかはまず順調に進んだ。

お昼に表通りの「ていしゃば」という食堂からそばの出前を頼んだ。母はそばをほったらかして、まだキッチンを整理している。

「眞子と飯、食べるのは久しぶりだな」

父がそばを啜《すす》りこんで咽《むせ》た。

「……餅とかそばとか、気をつけてよ」

「なんだって？」

咽ている父には聞こえづらかったらしい。顔を真っ赤にしている。

「検査、行ってみたら？　おばあちゃんもよく咽てて、ああなっちゃったわけでしょ」

おばあちゃん、は曾祖母のことだ。私が生まれる前に祖母に当たる人はすでに他界しており、私にとって「そぼ」は曾祖母しかいない。なので「おばあちゃん」と呼んでいた。

「気管に入っただけだよ」

「だから、そこがヤバいんじゃん。普通は気管になんか入んなくてスムーズに食べられるんだから。検査行ってみてよ」

娘が失業者で、オヤジが病人なんてやめてくれ。

「父さんは大丈夫だ。行かなくてもわかる」

「みなぎってる自信に水を差すようで悪いんだけど、体は衰えてくもんなんだよ。孫の顔みたいでしょ、検査受け」

「そんな予定あるのか」

父が目を丸くして私を見つめた。

「……父さん、おばあちゃんの部屋、よくあのままにしといたね」

すかさず話題を変えた。父はそばを持ち上げたまま咽た。ティッシュを引き抜いて口元を覆《おお》う。

「なんだか、手を入れるのは、こう……。シマちゃんがさくさくっとやると思ったんだよなあ」

「あたしはコウちゃんが片付けると思ってましたっ」

聞こえていたらしい。母がいら立ちを含んだ声を出した。目の前のコウちゃんは苦笑いする。

「こういう機会でもないと、なかなかどうもなあ……」

父はつゆに、曾祖母の顔が映っているかのように見つめた。

流しの下から出した鍋は、母の脇にピサの斜塔のように積み上がっている。今ここで、くしゃみをしたら、いい思い出ができそうだ。

「鍋、捨てれば？」

「どうしようかな」

「そんなに使うこと、これから先ないよ」

母は無言で鍋を眺めた。

食べ終わった紙皿と使い捨てのレンゲをゴミ袋に放り込んで仕事を再開した。ようやく窓まで近づいたので、開錠して窓を開けると、五月の風が吹き込んできて、部屋の空気を丸洗いしてくれた。サッシの枠に土埃が固まっている。

深呼吸して気持ちをリセットすると、たんすに向き合った。昔のたんすらしく堅牢な佇《たたず》まいで、取っ手は牛の鼻輪みたいな金具だ。青錆が浮いて、なかなか渋味を増していた。

曾祖母が生きていたときですら、覗いたことのなかった引き出しに、手をかけた。

一センチ引いたところでつかえた。それ以上開かない。辺りを見回して孫の手を発見し、隙間《すきま》に差し込んで、押し下げると同時に引っ張った。

手ごたえがふいになくなり、千代紙が、花びらのように飛び出し、窓からの風に舞い上がった。


建物と道の境目に溜まった桜の花びらが舞い上がる。

ランドセルを鳴らして眞子は文房具屋と食堂の間の路地を駆け抜け、細い通りを横断した。

玄関の引き戸を開けるなり、眞子は靴のマジックテープをはがしながら家の奥へ声を張った。

「ただいまぁ。おばあちゃん」

両親が忙しいため、眞子は一年生のときまで夜間保育園に世話になっていた。一度卒園したにもかかわらず、再び通うことになったばかりか、小さい子たちといっしょに迎えを待つという状況は、小学生の眞子には屈辱的だった。しかし、三学期の終わりから、隣町でひとり暮らしをしていた曾祖母のかずが同居することになったため、夜間保育を晴れて卒園でき、直接家に帰れるようになった。

「おかえりぃ」

かずの声が聞こえてきた奥へかけていって、ドアをたたく。どんどんどんどん、どんどんどん、どんどんどんどんどんどんどんどんっ。

「おばあちゃん、宿題があるんだ」

「しくだい?」

どんどんどん、どんどんどんどんどんどんどんどんっ。

「しゅ・く・だ・い、ね。一年生のときにはなかったの。すごいでしょ、お姉さんになった証拠だよ」

「うん、しくだいか」

「それでね、おばあちゃんに頼みたいことがあるの」

どんどんどん、どんどんどん、どんどんどんどんどんどんどんっ。

「あたしも頼みがあるんだがね眞子」

「なあに」

「便所ぐらいゆっくりさせてくんないかね。三三七拍子って」

どんどんどん、どんどんどん、どんどんどんどんどんどんどんっ。

「じゃあ何拍子ならいいの」

「二拍子ならスルッといくんだがね……そういうこっちゃないんだなあ」

水が流れる音がして、かずが、股上が深くウエスト部分がゴムでできたズボンをずり上げながら出てきた。

「どれ、待たせた待たせた」かずが眞子の頭に乾いた手を載せる。

「おばあちゃん、手ぇ洗って」

かずが手を洗っている間に、眞子は先にかずの部屋に行き、冊子とノートを出して待っていた。五月なのに、北向きの部屋は寒い。だからいまだにこたつがしまえない。

ここはもともと物置だった。

かずを迎えることが決まってから、週末ごとに両親は片付けていた。ふたりは忙しいことに加えて、眞子にはわからない別な理由で殺気立っていたので「眞子のお部屋をおばあちゃんとふたりで使ってもいいよ」と提案してなだめようとしたが、逆に母・志摩子《しまこ》の目を険《けわ》しくさせてしまっただけだった。

「狭い子ども部屋にかずさんを置くわけにいかないでしょ」

置物みたいなことを言う。

「それに眞子、もう、小学生なんだから自分のことを眞子と呼ぶのはやめなさい」

とんだとばっちりだ。自分のことを眞子と呼んだっていいじゃないか、誰が迷惑するというのだ。

「あっち行ってなさい、邪魔よ。ほらこれでおとなしく遊んでて」

「もう小学生」と言ったそばから人形を押し付けられて、廊下へ追い出された。それは横にすると目を閉じ、縦にすると目を開けるだけの不気味極まりないものだ。父・浩一郎《こういちろう》が出張先で買ってきたのだが、どこの土産《みやげ》かわからない。

眞子は人形をつまらなそうに横にしたり縦にしたりを繰り返した。しまいにはどれだけ早く瞬《まばた》きさせられるか試してみたくなり、ガンガン振った。

敷居のあっち側で、志摩子が荷物を浩一郎に手渡しながら「かずさん、なんでもかんでも判を押しちゃって」と詰れば、「しょうがないじゃないか」と浩一郎が力なく返事をしている。

振っていた人形はとうとう壊れて、横にしても縦にしても目をカッと見開きっぱなしとなり、不気味さに磨きがかかってしまった。

人形に飽きた眞子の耳に、騙《だま》されて、と志摩子が吐き捨てたのが聞こえた。


かずの部屋には、こたつ、テレビ、戸棚、たんす、たんすの上に小さな仏壇、隣に小さな冷蔵庫、その上にトースターがある。窓の向こう側の軒下には、小さなプラスチックのピンチハンガーが取り付けられ、真っ赤な——かず曰く、赤は女の体に良い——と堂々としたパンツが揺れている。

入ってきたかずが目の前に座るのを待って、眞子はぼやいた。

「父さんと母さんはちょっとしか家にいないんだから、おばあちゃんと部屋を交代してあげればいいのに」

「あたしはこの部屋を気に入ってる」

「え〜、こんな寒くてじめっとしてる部屋をぉ？」

「しくだいってのはこれかい」

かずは眞子の言葉には取り合わず、こたつの上を見渡す。

「立派な帳面だね。きれいな花の写真だよ」

かずの手が伸びたが、触れる寸前で止まり、こたつ掛けの下に潜《もぐ》った。

「本を大きな声で読んでくるのが宿題なんだ。オンドクっていうんだよ」

かずの白い眉《まゆ》がはね上がった。

「ほ。眞子は本が読めるのかい」

「読めるよー」

眞子は自信ありげにふふん、と鼻を鳴らした。配られた冊子には日本昔話とか、金子みすゞや、相田みつをなどの作品が収録されている。気に入った作品を読めばいい、と先生が言った。

眞子は『ふたりは　ともだち』を開いた。

立ち上がって両手で冊子を持つと、咳払いした。

「〈**がまくんは　げんかんの　まえに　すわって　いました。**〉」

余所行きの声で読み始めた。

「〈**かえるくんが　やって　きて　いいました。**〉」

「どうしたんだい、がまくん、ひからびちゃうよ」

声を作ったかずのセリフに眞子は冊子から顔を上げた。

「かえるくんはそんなこと言いません〜。こう言ったんです。〈『**どうしたんだい、がまがえるくん。きみ　かなしそうだね。**』〉」

「ほうらやっぱりだ」

かずは手を打った。「ずっと玄関先にいたらそりゃかえるだもの、ひからびちまうから悲しくもなろう。かえるの居場所は水辺と決まってる。いったいそのカエルは何をしてるんだい」

「おばあちゃん、黙って！　大事な宿題なんだよ、ちゃんと読みたいんだから」

かずは下唇を突き出して首をすくめた。

「〈『**いま　一日のうちの　かなしい　ときなんだ。つまり　おてがみを　まつ　じかんなんだ。そうなると　いつも　ぼく　とても　ふしあわせな　きもちに　なるんだよ。**』『**そりゃ　どういう　わけ？**』**かえるくんが　たずねました。**『**だって、ぼく　おてがみもらったこと　ないんだもの。**』〉」

「そりゃあ」

言いかけたかずが口をつぐんだ。音読の流れをせき止められた眞子がにらんでいる。かずが眉を上げて、先を促すように手の平を上向けた。これ以上茶々を入れたら、冊子の角を足の小指に落としてやるという並々ならぬ怒りが眞子の全身から立ち上っているのを感じてもらえたらしかった。

眞子は深呼吸して気を取り直す。

「〈**かえるくんは　大いそぎで　いえへ　かえりました。えんぴつと　かみを　みつけました。かみに　なにか　かきました。**〉」

「いいぞ、かえるくん」

「〈**ふうとうに　こう　かきました。〔がまがえるくんへ〕かえるくんは　いえから　とびだしました。**〉」

「いよーしよしよし。その調子だかえるくん」

眞子は眉を寄せて見せたが、かずは話にのめり込んでいて眞子のいら立ちに気づいてくれない。

眞子は目を固くつむって天井を仰ぎ深呼吸すると、もう何も言うまい、自分は心の広いお釈迦《しゃか》様なのだと思い込もうとしながら再び続けた。

「〈**『かたつむりくん。』かえるくんが　いいました。『おねがいだけど、この　てがみをがまくんの　いえへ　もって　いって、ゆうびんうけに　いれてきて　くれないか**

い。』〉」

「ええええええっ」

裏返ったかずの大声に、眞子はびっくりして足の小指に冊子を落としてしまった。しかも角。眞子がうめいてしゃがみ込み、小指をさする。かずは目を剥《む》き身を乗り出した。

「なんてこった。そうくるとは」

「そうくるとは、はあたしのセリフだよっ」

「してやられた……」

白髪を小さなお団子結いにしたかずは頭をたたき、呆然《ぼうぜん》と首を横に振った。

眞子は憤然と立ち上がって冊子を持った。せっかくの記念すべき第一回目の宿題を失敗に終わらせてたまるか。こうなったら何が何でも読んでやる。

「**〈それから　かえるくんは　がまくんの　いえへ　もどりました。〉**

〈『きょうは　だれかが　きみに　おてがみ　くれるかもしれないよ。』」

信用しないがまくんに、かえるくんは自分が出したことを打ち明ける。内容を知りたがったがまくんに、

「**【しんあいなる　がまがえるくん。ぼくは　きみが　ぼくの　しんゆうで　ある　ことをうれしく　おもっています。きみの　しんゆう、かえる】**」

と明かす。

「ああ、いい手紙だ」

かずが、閉じたまぶたにたくさんのしわを寄せて、しみじみと漏らした。眞子はそんなかずを、まんざらでもない気持ちでちらりと見て続けた。

「**『ああ、』がまくんが　いいました。『とても　いい　てがみだ。』それから　ふたりは　げんかんに　でて　てがみのくるのを　まって　いました。**〉」

それから四日たってかたつむりはやってきて、がまくんに手紙を渡すことができた。

最後まで読みきって、眞子は冊子を閉じた。かずは渾身《こんしん》の拍手を送った。白団子が跳ねる。

眞子は達成感を抱きつつ照れながらおじぎをして座った。

「いい話だったねえ。そうかい、一時はどうなるかと思った。ひやひやさせるねえ。それにしても眞子はたいしたもんだ。学校に行ってまだ一年ばかりだってのに、よく読んだよ、えらいいねえ本当にえらい」

「ありがとうおばあちゃん。でも字は保育園から習ってたんだよ」

「なんとっ」

かずは目を見開いた。口もぽかんと開く。入れ歯が今にも零《こぼ》れ落ちそうだ。

「保育園で、もう字を習うのかい。まいったね。園児といやあ、つい最近人間になったばかりの連中じゃないか。それでもう字を覚えるってのか」

ばかにされたのか褒められたのか、眞子には判断がつかない。

横書きのジャポニカ学習帳の最初のページを開いて、日付と読んだタイトルを記入すると、

「じゃじゃ〜ん。それじゃあ、おばあちゃん、ここにサインちょうだい」と右端の空欄を指した。

「え？」

かずは、いきなり殴られたニワトリのような顔をした。

「サインだよ。サインもらってくるの」

「あたしは芸能人じゃない」

「わかってる」

「あたしゃたく……」

「宅配便屋さんでもないってこともわかってる。読みましたっていう証拠なんだ」

「証拠もなにも、今あたしの目の前で読んだじゃないか。安心しな、ばあちゃんは疑ったりせん」

どうして渋ってるのだろう、と眞子は首を傾《かし》げた。

「おばあちゃんは疑わないだろうけど、先生は疑うんだよ。もらってきなさいって言われて

んだからごちゃごちゃ言わずにサインしてよ」

「困った先生だこと、教え子を疑うとは」

薄い白髪眉を器用に上下させながら、眞子が差し出したかきかた2B鉛筆を受け取ると、老眼鏡をかけた。かずは鉛筆をグーの形で握った。その握り方を見て、眞子は背中をもぞもぞさせた。

「おばあちゃん、その持ち方だと叱《しか》られるよ」

鉛筆の持ち方を指導された経験のある眞子としては、言わずにおれない。

「誰に」

「先生に」

「そうかい」

正しい持ち方を教えてあげる。「箸の持ち方と同じなんだって」先生の受け売りだ。

「知ってるよ。眞子があたしの間違いを見抜けるかどうか、試験したんだ。さて、名字と名前とどっちを書いたらいいかね。ま、あたしはどっちでもいいがね」

名前を書くだけでそんなにもったいつけなくてもいいよ、と眞子は思ったがサインを書いてもらう以上、余計な口を挟んではいけないと考え直し、黙っていた。

眞子から、期待した反応を得られなかったかずは、仕切り直すように腕まくりをした。

「ようし、それじゃあ名字も名前も書いてやろう」

「うん、まあ、好きにして」

かずは鉛筆の先をねぶった。眞子は目をしばたたかせる。

「それおいしいの？」

「どうだろう、いい塩梅《あんばい》で苦いね」

「舐《な》めると鉛筆って変わるの？」

かずは首をかしげた。老眼鏡がずり落ちたので、ずり上げた。

「考えたことなかったな。ばあちゃんもようわからん」

「体に良くないんじゃないの？」

「どうだろう。みんなやってたからねえ」

かずは座り直して丸まっていた背筋を伸ばした。メガネを押し上げる。鉛筆の芯をノートに押し付けると、深く息を吸った。

なんだか、かずのたたずまいは単にサインするといった感じではなく、時代劇に出てくる切腹する侍のようだ。えらいおおごとになってきたような感じがする。

呼吸をぴたりと止めたかずは、真横に三本線を引く。力を入れすぎて、紙がよれた。

一応の書き出しを見届けた眞子は安心して、ペンケースから鉛筆を取って舐めてみた。

「カッ」

眞子は白目を剥いた。苦い。そして冷たい味がする。缶ジュースの縁をかんだときみたいな味だ。眞子は横を向いて貼りつく苦みを追い出すべく「カッカッカ」と喉を鳴らした。かずが「おうっ」と声を上げた。今はかずに構っている場合じゃないとうるさがりながら、眞子が顔を上げると、かずはノートに目を落として額《ひたい》を押さえていた。ノートの上には芯の折れた鉛筆が押し付けられている。

眞子は電動鉛筆削りを部屋から持ってきた。プラグをコンセントに差し込んで、かずから鉛筆を受け取り突っ込む。小さな道路工事のような音を立ててあっという間に尖《とが》ると、かずの目が丸くなった。

「はいどうぞ」

「ありがとう」

かずは薔薇《ばら》の棘《とげ》のようにピンピン尖った芯の先をしげしげと見た後、唇を湿らせ、呼吸を止めた。

三本線の真ん中に縦に線を引いた。眞子にはなんという字か見当もつかない。もしかしたら反対側から見ているからわからないのかもしれない、とかずの隣に移動した。

かずは鉛筆を少し左に移動させると、再びノートを彫るように強い筆圧でバッテンを書いた。その斜め下に数字の「6」を思わせる記号と、右上に点を加えた。左側に書き記したのはどうやら二文字目らしかった。隣から見ても何の字なのかわからない。ひょっとしてまだ字を書いていないのかもしれない。これは指の準備運動としての落書きなのではないだろうか。

三つ目もまた左側だ。かずは右から左に書き進めている。今度の文字はわかった。

「『か』だね。たなかの『か』！」

ということは最初の三本線に縦線と、バッテンと丸と点は「た」と「な」であるらしい。準備運動ではなかった。しかし、ひどい癖字《くせじ》だ。眞子は解読するために、かずに体を寄せて覗き込む。

ぐいぐい押されるかずは書きづらそうにしながら「か」、鏡文字の「す」と一字一字入魂していく。

かずは鉛筆を置いて長々と息を吐いた。

「ほうれ、おまちかねのサインだよ」

サインひとつにこんなに待たされると思っていなかった。

「終わったの？」

「完成だ」

満足げに自分の字を見下ろしている。どの線も強く黒々として、枠からはみ出していた。

「おばあちゃん、『ず』がまだだよ」

「なんだって？」

めがねがずり落ちた。眞子は、またテストなのかもしれないと思った。だってこれだと「かす」だ。曾祖母の表情を探る。かずはメガネのつるをつまみながらノートを注視した。それからひとつひとつ鉛筆の先で文字を指して読み上げていく。眞子は文字とかずの表情を交互にちらちらとうかがった。途中、また芯が折れた。眞子が削ってあげようとすると、ばあちゃんにもやらせとくれ、とかず御《お》手《ん》ずから鉛筆削りに突っ込み、ピンピンに尖らせて悦に入るという小休止を挟み、やっと「す」の濁点が足りないことをわかってくれた。

かずは鏡文字の「す」の右上に点を二つ打った。おかげで「ず」は半分まともで、半分鏡文字に昇格した。

「……」

眞子は無表情に見つめた。

一応「たなか　かず」だ。

ようやく書き上げてくれた、と眞子は肩の力を抜いた。

判決を待つ被告人のようにかずの不安げなまなざしが額に注がれているのがわかる。

眞子は顔を上げた。

かずはとっさに眉と口角を上げた。ちぐはぐな表情になる。

「おばあちゃん、ありがとう」

礼を言うと、かずは再び長い息を吐いて、額を手のひらで拭《ぬぐ》った。

眞子も額を拭う仕草をした。長かった。

かずが丁寧に書くのを見ていたら、自分の名前も書きたくなってきて、ノートの余白に「田中ま子」と書いた。「眞」は難しくてまだ書けない。線が無駄に多すぎる。田中ま子田中ま子田中ま子。うん、この字は上手にいった。こっちは下手。もう一回書き直そう。

こうして書いていると、かずがのめりこんでいくのもわかるような気がした。自分の名前が目に見えるのはステキじゃないか。「これぞあたし」って感じだ。

夢中になって書いていると、

「もうオンドクはおしまいかい？」

とかずが聞いてきた。はっと顔を上げる。

「うん」

「それじゃ回覧板を読んでおくれ」

「回覧板？」

「下駄箱のところにある。きっと面白いことが書いてあるよ」

「わかった」

眞子は取ってくると、肘《ひじ》を伸ばして回覧板を目の高さに掲げた。かずは目をつむり、耳を澄ませた。

「な　こ　です　という　こと　なりました　を　しました　お」

かずは目を開き、身を乗り出す。

「なんだって？」

「だから。『な。こ。です。という。こと。なりました。を。し』」

「何言ってんだかてんでわかんないよ」

かずは首を振った。

「あたしだってわかんないよ。知らない漢字ばっかなんだもん。おばあちゃん、読んで」

「あたしが読んだらオンドクにならんでしょう」

「え、これってオンドクだったの？」

「そうだよ」

こともなげに言うので、眞子は「すっかり騙されて読んじゃった」とノートの「読んだタイトル」の欄に「かいらんばん」と書いて、かずにサインをねだった。

かずはノートの上に覆いかぶさるようにして一字一字、入念に書いていく。点ひとつおろそかにしない。鉛筆の芯がノートをなぞる音が心地いい。ついつい眞子も前のめりになって見入ってしまう。

とても時間がかかるが、そんなかずの姿も、黒いただの芯が意味のある字になっていく工程も、眞子はちょっと好きな感じがした。お気に入りになりそうだ。

「すごい、今日はふたつも読んじゃった」

眞子の達成感と呼応するように、ぐう、と腹が鳴った。

「お腹すいた。おばあちゃん、あげパン食べる？　給食で出たんだよ」

眞子がランドセルからあげパンを取り出すと、かずは物珍しげに眺めた。半分に割って差し出し、もう半分にかぶりつく。砂糖とパンと油の匂いが鼻から全身に行き渡る。潰れているけどおいしさは変わらない。

かずはあげパンの向こうから目を丸くして眞子を見つめた。

「くれるのかい」

「うん」

かずは顔をくしゃくしゃにして受け取った。

「ありがとう。初めての給食だ」

お初でございます、とかずは慇懃《いんぎん》にパンに会釈《えしゃく》をすると、かじりついた。

「……うん、美味《おい》しい。美味しいねえ。眞子からもらったから、ことさら美味しいよ」

口の周りを砂糖と油で、てかてか光らせながら、しっかり味わってしみじみと目を細める。

眞子は照れくさくて背中をもじもじさせた。誰からもそんなことは言われない。

「あたしも給食にありつける日が来たんだねえ。ありがとう眞子」

「おばあちゃんには給食がなかったの？」

かずは苦笑いしただけで答えなかった。背後の戸棚に手を伸ばす。インスタントコーヒーのビンを出して、「眞子もコーヒーでいいかい」と聞く。

「もちろん」

志摩子からコーヒーは中学生になってからと言い渡されているが、今はその母がいない。

こっそり飲むのは、特別な味がするものだ。

かずは眞子には砂糖とクリープをたっぷり入れて甘くマイルドにしてくれる。

腹が落ち着いたところで、眞子は自分の部屋に行き、机から千代紙を持ってきた。

「おや、ハイカラな紙だね。折り紙かい？」

「ううん、手紙。かえるくんとがまくんみたいに」

「手紙だって？　誰に出すんだい」

「おばあちゃん」

かずはギョッとして自分を指した。

「あたしに？」

素《す》っ頓狂《とんきょう》な声を上げる。

「出さなくたって言いたいことがあったら直《じか》に言ったらいいじゃないの」

「それじゃつまんないでしょ。どれにしよっかな」

眞子は千代紙をこたつに広げて選んだ。

「おばあちゃんも好きなの選んでね。あたしにお返事ちょうだい」

「がまくんはお返事出したのかいな」

水を差されて、うきうきしていた眞子は一転して、泣きべそをかく真似をした。

「あ、すまんすまん。今のはばあちゃんが悪かった」

眞子は真顔に戻った。

「それじゃ、あたしはこの青いのと緑のと……」

自分の分の青や緑色をベースとした千代紙を取って残りをかずに渡した。かずは浮かない顔をして千代紙を見ている。

「あたしからの手紙はこのこたつにのせておくから、おばあちゃんはあたしの机にのせておいてね」

かずはまだ承服できない顔をしている。

「おばあちゃんっ」

「はい、よろこんで」

かずは敬礼をした。


眞子はランドセルに千代紙を入れて背負うと、場所をリビングに移した。かずの前で手紙を書くわけにはいかない。

リビングにはかずはめったに来ない。自分の部屋以外、家の中を歩き回ることはほとんどない。気兼ねしている。自分ちじゃないからかもしれない、と眞子は寂しくなる。

テレビをつけ、リモコンで教育番組を選んだ。『わくわくあいうえお』という、黒いマントを頭から被《かぶ》った魔王が出すひらがなの一文を、ピンク色のウサギが読み上げる番組だ。幼児向けのため、眞子にははなはだ物足りなく、特に見たいわけではないが、しん、としているのは落ち着かない。

まずは手紙の文面を考える。

鼻の下に鉛筆を挟んでみる。いい匂いだ。いい考えも浮かびそうだ。

テレビのウサギも考えている。この子はひらがなもわからないのだ。引きずるほど長い耳を折りたたんだり、巻き込んで腕組みしたりして考えている。ウサギだからわからなくてもしょうがないけど、これが人間だったらコトだ。間違えると魔王にとって食われるのだから。

突然ウサギは耳をピンと立て、張り切って「きんいろのさらはだめ」と答えた。

「あ〜！　それは『とったさらをもどすな』だよっ」

ブブーッと不正解のブザーが響く。ウサギは魔王に食われて番組は終わった。テレビのいいところは、明日になれば当たり前の顔で、ウサギが復活していることだ。これが現実の人間だったらそれこそ恐ろしい。

よかった、あたしは食われずにすみそうだ。眞子は息をついて、幼児向け番組に本気になってしまったことを、誰に見られているわけでもないのに恥じながら、手元に目を落とした。

かず宛《あ》ての手紙を書きだそうとして、ふと、気まぐれを起こし、千代紙にバッテンを書いた。それから右下に数字の「6」と、右上に点ひとつ。

「……」

かずが書く「な」だ。

しばらく見つめていた。

音読用のノートを出して、「6」の輪の部分にだけ消しゴムをかけた。しかしけっこうな筆圧で刻まれた字は、なかなか消えない。消しゴムの貴重な角を使って凹《へこ》みの黒鉛をかき出すように擦っていく。

いつまでやってもキレイにならないので、とうとう諦《あきら》め、「6」の輪の隣にもうひとつの輪を書き込んだ。

じっと見つめる。

『わくわくあいうえお』のエンドロールが流れている。ノートに目を落としたまま顔を上げられない。

ようやく別の番組のオープニング曲が始まったのをきっかけに、深呼吸して鉛筆を持ち直した。

さあ、書こう。何を書こう。頬杖《ほおづえ》をついた。

書き初めは「しんあいなるおばあちゃん」がいいだろう。うん、なかなか立派に見える。

それから「おげんきにしてますか」と続けて、「あたしはげんきです」だ。

ほかに書くことが思いつかない。まあいいか。

半分に折った。ちゃんと角を合わせてしっかり折り目をつけ、もう一回折る。

これを、かずが部屋からいなくなったタイミングで、こっそりこたつに置くのだ。

玄関の開く音がした。重たい革靴がたたきを踏み、ただいまーという疲れた声と共に、荷物が廊下の壁にぶつかる音が近づいて来る。眞子はリビングから飛び出した。

「おかえり、父さん」

寝室に入ろうとしていた浩一郎が顔を向けた。右手に大きなカバンと一緒に「田中　浩一郎様」と書かれたハガキや封書の束を持っている。その中に「田中　かず様」と書かれたものも混ざっているのが見えた。

「おお、ただいま。さあ、お待ちかねのお土産だ」

左手の紙袋を渡された。別に土産ほしさに出迎えたわけじゃないが、否定する前に浩一郎は部屋に入り、眞子の目の前でドアを閉めた。

あ〜やれやれ、会社に戻る前に少し寝るから静かにしてくれよぉ、と懇願する声がフェードアウトする。

袋を覗いた眞子は、鼻に皺《しわ》を寄せた。尻にネジの刺さった白い犬だった。取り出してネジを巻き、床に置く。犬のおもちゃはぎこちない動きをしながら、西と東にわんわんわん、と吠《ほ》えた。

浩一郎が買ってきた土産が家中にたくさんある。今は開きっ放しになってしまったが、前は横にすると目を閉じた人形、こけし、音に反応して動くラベンダーのおもちゃ、ぶたの貯金箱……行く先々で買ってくるが、そのどれもがどこの土産か見当がつかない。そしてどれも眞子にとってはありがた迷惑。土産を渡すためだけに、浩一郎は帰ってきているんじゃないかとすら思ってしまう。

土産なんかいらないのに。

犬のおもちゃをほったらかしてリビングに戻ってしばらくしたら、浩一郎に「おーい、眞子。犬うるさいぞー」と寝ぼけたような声で寝室から注意された。自分が買ってきたんじゃん、とムッとしてスイッチを切る。目の前のドアが開き、あくびをしながらタオルだの着替えだのを片手に出てきた浩一郎が、浴室へ消えた。

眞子がリビングで手紙に向かっていると、ものの十分で浴室のドアが開く音がした。脱衣所兼洗面所を覗くと、こっちに背を向けた浩一郎が腰にタオルを巻いて髪を乾かしているところだった。

鏡越しに浩一郎が「犬は気に入った？」と答えを期待する顔で問うた。眞子は柱に寄りかかって返事をしない。鏡の中の浩一郎を不満そうな目で見上げ続ける。

「もっと大きなやつがよかったか？」

「……」

邪魔くさい上にやかましいだけだ。

「猫がよかったかな」

「……」

かかとで床を蹴る。

「困ったね、うちの小さな姫は」

ドライヤーが切られると、家の中はしん、として、眞子は不機嫌でいることに弱気になってくる。

「父さん、また会社に行くからね。シマちゃんにも伝えておいて」

おばあちゃんには伝えなくてもいいのか。

浩一郎がかずに顔を見せることはいつも、ない。別に仲が悪いようには見えない。ならば、おばあちゃんに声をかける一瞬の時間も惜しいほど忙しいということなのか。

「大丈夫だよな。ばあちゃんがいるんだから。それに犬とか人形もあるしね」

それはどういう意味か。ばあさん、犬、人形に子守をしてもらえと言うつもりか。

眞子は腹が立ってきて、浩一郎の腰のタオルを思い切り下げ、脱衣所から飛び出した。

「こら、眞子」という大声とくしゃみが背中に聞こえた。

眞子はリビングのテレビをつけ、ソファーに腰掛けると膝を抱えた。この姿勢が一番落ち着く。

スーツに着替え、ビジネスバッグを手にした浩一郎が、リビングに顔を出した。

「じゃあ、父さん、行ってくるから」

浩一郎は眞子におもねるように告げる。

眞子はテレビに集中しようとした。

浩一郎が腕時計を確認したのが視界の隅に見えた。テーブルに近づいてくると、小脇に抱えていた犬を眞子の目の前に置いた。

「じゃ、いい子にしてるんだぞ」

浩一郎はそれさえ言えば、父親の役目は果たしたことになると思い込んでいるようだった。

玄関ドアが閉まる音が響くと、眞子は膝に顎《あご》をのせ、目の前で口を半開きにしてあさっての方を向いている犬をにらみつけた。

外は暗くなり始めていた。陽が落ちると人恋しくなる。

眞子はかずと夕飯を食べようと思い立ち、ついでに犬のおもちゃも見せてあげようと抱えて、かずの部屋に向かった。

襖越しに「に・て・お。ま・と・し・た」というたどたどしい声が漏れ聞こえていた。最初、視力検査でもしているのかと思った。

そーっと襖を引いて覗くと、かずは老眼鏡をかけ、虫メガネを新聞にかざして読み上げているのだった。かずが新聞を読んでいるところを眞子は初めて見た。

肝心の意味はまったく不明。

かずが顔を上げた。襖の隙間からふたつの目が覗いているのに気づき、慌てて新聞をこたつの中に押しこんで、えへんえへんと咳をした。

「おばあちゃん」

眞子は襖を開けて入った。

「なんだい」

「ご飯食べよう」

「もうそんな時間かい。あたしは腹が減っとらんで、わからんかったね」

年寄りは省エネ仕様らしい。

「どれ、冷凍に何か入っとるかな」

かずがこたつに手を突いて立ち上がろうとした。

「ううん、そこのやつを食べたい」

眞子は戸棚を指した。そこにカップ麺が買い置きされているのを知っている。

「眞子はなんでもわかってるんだね」

まいったね、とかずは弱ったような嬉《うれ》しいような笑みを浮かべた。

取り出したのは赤いどん兵衛「さくさく天ぷらそば」だ。ストックしてあるカップ麺のほとんどがそばである。

かずがカップ麺を包んでいるフィルムをはがせず四苦八苦するので、眞子が破ってあげた。かずは眞子が器用だと褒め、気が利くと絶賛するので、眞子はさらにふたを開けて、小袋のかやくを開けてあげた。かずはとても感謝し、眞子はたいしたものだ将来大物になる、と持ち上げた。

かずが、湯を注ぐのは任せろと請け合って、電気ポットの湯をじょごじょごと注いだ。紙のふたの上にたたんだ新聞紙を重石にしてのせ、砂時計を逆さにする。

作業がひと段落したところで、かずが聞いた。

「機械でチンするやつは今日はいいのかい？」

かずが言っているのは、志摩子が買い置きしている冷凍食品のことだ。

犬はふたりに向かって吠え続ける。ワンワンワン、わんわんわん。

「もう飽きた」

毎日毎日冷凍だ。チンチンチンチンチンチンチン冷凍だ。うんざりだ。

「いろいろな種類があるじゃないか」

「だったらおばあちゃんに冷凍のやつあげるよ」

「そうもいかんよ」

朝は志摩子が用意してくれる。シリアル、ミルク、あらかじめカットされて袋に入っているサラダ。定番。それをそれぞれが適宜《てきぎ》食べ、昼は給食。夜はかずと一緒に冷凍ものを食べるよう志摩子に言い置かれている。けれどかずは冷凍ものを食べない。眞子の用事以外、キッチンの冷蔵庫を開けることもない。遠慮があるらしい。よそさまの冷蔵庫、という認識なのだ。だから志摩子が作る朝食以外、自分で買ってきたものを食べることが多い。ちなみに、洗濯物も風呂場で手で洗っていた。

眞子はそれがなんだか嫌だった。おばあちゃんは本当はあたしたちと近しくなりたくないのじゃないだろうか、と勘ぐってしまう。それはつまり、おばあちゃんはあたしたちを嫌っているんじゃないか、という結論に向かってしまいそうになり、そのたびに、眞子はそんなことない、と否定しなければならなくて正直疲れる。おばあちゃんが自分たちを嫌っているとわかってしまったら、眞子は当然すごく悲しいし、おばあちゃんを疎《うと》ましく思ってしまうだろう、そのことは絶対に認めてはいけないことなのだ。

「犬かい」

かずは眞子の傍《かたわ》らでひっくり返っている犬のおもちゃを見やった。

「そう。父さんのお土産」

「どこに出張したんだろう」

「どこだろうね」

テーブルの上にのせて、ネジを巻いた。犬は眞子に向かって三回吠え、今度はかずに向かって三回吠える。吠えられたかずはまばたきをして見下ろした。

「おばあちゃん」

「なんだい」

「これなんて読むの?」

赤いどん兵衛のカップに書かれている文字を指した。かずは目を眇《すが》めて注意深く見る。新種の虫の足を数えるかのように。

かずは首を振って目を揉《も》んだ。

「字が細かすぎて、あたしには見えん」

眞子は、それもそうだ老眼鏡をかけていないんだから、と思ったが素直に頷《うなず》いた。

ワンワンワン。わんわんわん。

「この犬はいつまで吠えるんだね」

「わかんない。こんなのいらないのに」

もう眞子は、こういうおもちゃで喜ぶ歳ではなくなっていた。浩一郎はそのことに気づかないのか、気づいていてもほかの土産を選ぶのが億劫《おっくう》なのか。

「浩一郎は、お前を構ってやれない代わりにこういうのをくれるんじゃないのかい」

知ったこっちゃないよ、そんなの。眞子は口を尖らせた。

「さみしくはないかい」

かずが尋ねる。眞子は頷きかけたが、こたつに顎をのせたまま、首を横に振った。

「さみしくなんか、ない」

強い口調で言い切った。

「おばあちゃんがいるから平気だもん」

「……そうかね」

かずの口から浩一郎と志摩子の批判は出ない。だから眞子はもどかしくも、一方でホッともしていた。

犬が一回半吠えてぴたりと黙った。

ふたりは、立ったまま失神したような犬に視線を当てた。

時計の砂が全部落ちた。

「お、よーしよしよし」

かずは手をこすり合わせてからいそいそとふたを取った。

「いただきます」

眞子の鼻先をなでる濃い湯気にさえ、味がある。眞子は平たくておもちゃみたいな麺を啜った。汁がこたつの天板に飛んだ。

かずは啜るたびに咽る。老人になると啜る系と餅系は、ほとんど災難といってもいい代物《しろもの》になる。

眞子は飛んだ汁で天板に線を横に二本引いた。かずによく見えるように大きく。それから真ん中から縦に一本引いてくるっと丸を描いた。

「おばあちゃん、これは『ま』だよね」

「うん、知っているとも」

かずは大きく頷く。眞子は頷き返した。

「これは『こ』」

「ああ、間違いない、『こ』だね」

「『ま』と『こ』だよ。あたしの名前」

「ごもっとも。それ以外にないわ」

眞子は確固たる同意を示したかずをじっと見た。かずの目が泳いだ。眞子は顔を伏せ、再び食べ始めた。

かずが洗って湯をためてくれた風呂に入った。夜間保育園のときは、保育園で入れてもらっていたが、今は自分ひとりで入る。お姉さんになったのだ。シャンプーハットは志摩子が買ってくれた。ピンクのイチゴ模様のやつだ。眞子はイチゴにもピンクにも大して興味はないが、志摩子は女の子ってイチゴやピンクが大好きなもんでしょと信じ込んでいる。「あなたはこうでしょ」と自分のことを決め付けられるのは、愉快なことではない。

鏡の前のイスに腰掛けて、歯ブラシに歯磨き粉を搾《しぼ》り出す。歯磨き粉のイチゴ味なら好きだけど。

志摩子も浩一郎も、意地悪でそうしているんじゃないから余計に困る。

風呂から上がると、志摩子がリビングで冷凍ピラフを食べていた。眞子はちらりと時計を見る。そうすることはもうほとんど癖になっていた。

眞子が時計の見方を習得したのは、志摩子の帰りが遅いおかげとも言える。

「おかえり」

「ただいま。お風呂入ったの？」

口をもぐもぐさせながら、志摩子はリモコンでテレビの音量を下げた。

「かずさんは入った？」

志摩子は「おばあちゃん」と呼ばない。

「まだ」

かずの入浴はいつも一番最後だ。

「あたしはぬるめが好きなの」

と申し開きをしている。そういう言い訳をしているかずに、眞子は泣きたいような気持ちにさせられた。

「ご飯食べた？」

「うん」

「座ったら？」

眞子は素直に志摩子のはす向かいの、テレビが見えるラグの上に座ると膝を抱えた。

テレビではケイエイハタンとかフワタリとかフサイなどという難しい言葉を含むニュースが流れている。

「母さん、ケイエイハタンって何？」

興味はなかったが、黙っているのもつまらない。

「会社が立ち行かなくなるってこと」

志摩子は、ピラフをスプーンで手前に集め、たっぷりすくうと口に入れた。

「タチイカナクなるって？」

「潰れるってこと。仕事ができなくなるの」

志摩子は口の端からこぼれ落ちそうになるピラフを薬指で受け止めて、口にねじ込んだ。

「潰れるの!?」

眞子はゴジラがビルを踏み潰す画《え》を想像して青くなった。ゴジラなんて実際はいないことぐらいわかるが、あんな感じで潰されるのだろうか。お金がなくなるとビルが潰れるというのは、ビルはお金でできているってことか。

「潰れると、働いている人は死んじゃう？」

ぺしゃんこになってしまうのだ。ただでは済むまい。

「そういう人もいるわ」

志摩子は深刻そうに眉を寄せた。口はピラフをせっせと咀嚼《そしゃく》している。

「母さんは大丈夫？　潰れて死んだりしない？」

眞子は膝をつめた。志摩子は春雨スープをひとかきして啜って、まさか、と笑った。

「まさかって、どっち？　死なないよね？」

眞子はもうほとんど泣きそうになっていた。母さんが死んだらどうしよう。そんな恐ろしいこと考えたくもない。遅くても忙しくても、家に帰ってきてくれるだけマシなのだ。

「大丈夫だって。母さんところは潰れないから。ほら、ニュースが見えない。ちょっとどいて」

テレビから目を離さずに眞子の肩を押しのけ、命を削られるような恐ろしいニュースを視聴しながら、どんどん命の源を摂《と》っていく。

おとなになると、頭で別のことを考えながら、ものを食べられるようになるんだな。自分はテレビに集中すると口が疎《おろそ》かになって、しょっちゅう志摩子や浩一郎に「お口」と指摘されるのに。

「フサイって何？」

「借りたお金のこと」

「マイナスせいちょーは？」

「温度計のマイナスあるでしょ、アレ」

よくわからない。適当にあしらわれている気がする。

「じーでぃっぴーって何？」

「んもう、テレビが聞こえないじゃない。事典で調べなさい」

「じてん？　じてんって何」

志摩子はもう答えない。眞子は母親が子どもの自分へ向けるよりも熱心に関心を向けているテレビへ視線をやった。地球のジテンがどーのこーのと聞いたことがある。話がいきなり地球規模になってしまった。これじゃあほんとにゴジラが登場してきそうだ。そうなればダースベーダーだって黙っちゃいないだろう。

かずの部屋から咳き込む音が聞こえてきた。志摩子が廊下を振り向く。咳き込む音は結構大きい。志摩子の頬がぴくりとする。顔を戻してスープに口をつける。咳は続く。志摩子はテレビの音量を一気に上げると、眞子に「もう寝なさい」と厳しく指示した。

別に咳なんて誰だってするんだからそんなに目くじら立てることもないじゃないか、と母の神経質さに呆《あき》れながら、眞子は素直にリビングを出た。

おばあちゃん、大丈夫かなと心配で様子を見に行きたかったが、そうすると、志摩子を裏切るような気がして、眞子の足はくるりと反転してしまった。

朝、かずは箒《ほうき》とちりとりを持って家を出ていく。毎朝、町内のゴミ集積所と公園の掃除をしに行くのだ。それを見計らって眞子は、かずの部屋に忍び込んだ。

部屋一杯に線香の香りがしている。敷きっぱなしの掛け布団と毛布の角がめくられている。

布団はかずがやってくるというので新調したのだ。当初、かずは布団が軽すぎる、と困っていた。掛けた気がしない、と。浩一郎が「羽毛布団なんだよ」と教えて「綿の布団は重たいからこれにしたんだ。軽くて暖かいだろう？」とまっすぐにかずを見つめた。かずは「ありがとう」と微《かす》かに笑み「すまんね」と付け加えた。

こたつにはひと月前の新聞と、老眼鏡、虫メガネ、鉛筆が無造作に置いてある。新聞の下から裏が白いチラシの角がはみ出していた。チラシをそっと引き出してみると「き　さ」「3　ろ　る」「5　ち」と大きく濃い文字が記されていた。眞子は首を傾げた。何が何だかてんでわからない。鉛筆を鼻の下に挟んで、もっともらしく目を眇めて眺めてみた。

競馬か何かだろうか。それとも暗号だろうか。

チラシを逆さにしてみたが、皆目《かいもく》見当もつかないことに変わりはない。諦めて鉛筆をこたつに置き、チラシを新聞の下に挿し戻した。

こたつの前に正座し、かずの目線になって視界のど真ん中にくる位置に手紙を置いた。老眼鏡をかけてみた。空間がぐにゃりと歪《ゆが》む。

「オエッ」

すぐに外して目をこする。酔ってしまう。年寄りになったら、このメガネが合うようになるらしい。歯は取り外しができるようになり、膝の痛みで天気がわかるようにもなるのだ。

眞子ぉさっさとご飯食べなさーい。志摩子のいら立ちがキッチンから飛んできた。朝はいら立ちにも磨きがかかる。眞子は素早く部屋を抜け出してキッチンに駆け込んだ。イスに飛び乗って、ロールパンを取る。

先に食事を済ませた志摩子が、食器を洗いながら背中で「嬉しそうね、今日は学校で何かあるの？」と尋ねた。

「ううん、なんにもないよ」

おばあちゃん、こたつの上を見て「おおっ」と嬉しがるに違いない。眞子はかずの白い眉が上がった顔をはっきりと思い浮かべることができた。笑い出しそうになり、口にパンを押し込んで堪《こら》えた。それでも足は勝手にばたばたする。

「ほら、眞子。遊んでないで早く食べなさい」

志摩子が振り返って注意をし、ちらりと時計を確認して小さく悲鳴を上げた。

「今日、母さん早く行かなきゃなんないの。かずさんは？」

手をエプロンで拭き、腰の結び目を解《ほど》く。

「おばあちゃんはゴミ置き場の掃除」

「また」

志摩子が舌打ちをした。「何も毎日毎日行くことないじゃない。まるであたしたちが居づらくさせてるみたいじゃないの」

忌々《いまいま》しげに吐き捨てる。母の怒りに巻き込まれたくなくて、眞子は急いでパンを口に押し込み、牛乳を流し込んだ。みっしりと詰まったパンのせいで行き場のなくなった牛乳が、鼻から二筋流れ出た。

鍵をかける志摩子より先に、眞子は家を出た。通学路途中にあるゴミ集積所が近づいてくると、赤い長靴を履いたかずがゴミを掃いているのが見えてきた。植木の枝からカラスが頭をキロキロと動かしながら見下ろしている。眞子がおばーちゃーんいってきまーす、と手を振れば、かずは腰を伸ばして、いっといでーと手を振り返した。


眞子は一日中わくわくしていた。いつも以上に落ち着かなくて、先生に、ちゃんと座りなさい、イスをガタガタさせてはいけません、キョロキョロしない、と何度も注意された。

そして給食の時間、ソフト麺の袋を破ろうとした手がスープ碗をひっくり返し、腹部にスープをこぼすに至り、先生に「いったいどうしたというんですか」と問い質《ただ》された。眞子は待ってましたとばかりに立ち上がった。腹にシャツが張り付きしょっぱいにおいを放っているが、みんなの前で自慢できる晴れの舞台に、そんな事は些末《さまつ》な問題だった。

「手紙が来るんです」

みんなの視線が集まる。

「てがみー？」

同じ給食班で、学年一かわいいと自他共に認める綾乃《あやの》ちゃんが、向かいの席から非難がましい声を上げた。授業は隣同士の席だが、給食の時間は前後左右の机を合わせて班を作るので、綾乃ちゃんとは今は向かい合っている。

綾乃ちゃんは何でも自分が一番目立ってなきゃ気がすまないたちで、ここでもわざわざ立ち上がった。

「田中さん、誰から手紙もらうの？」

綾乃ちゃんは親しい友達や男子に対しては下の名前で呼ぶが、どうでもいい相手や気に食わない相手については苗字で呼ぶ。

綾乃ちゃんの挑戦的な視線に、眞子は意地悪な気持ちになった。

「内緒です。返事が来るんです」

「返事？　ということは田中さんがお手紙を出したということですね？」

先生が見直すように顔を明るくした。

「ふん、手紙なんか書けるの？　住所とかちゃんと書かなきゃいけないんだから」

誰かが笑った。教室がささくれ立ち始める。

住所？　なにそれ。バッカじゃないの、そんなのなくたってこたつの上に置いておけば、あたしの手紙はおばあちゃんに届き、あたしの机の上におばあちゃんからの返事が来るんだから。

隣の席から手が上がった。メガネをかけた学級委員長だ。

「切手も貼らなきゃなりません。ちゃんと貼りましたか？」

は？　きって？　かえるくんはそんなもん、貼らなかったもん。

「まあ、出しちゃってから教えてもしょうがないですけど。でも安心してください、貼ってなかったら戻ってきますよ」

眞子は「ご親切にどうも」と皮肉った。委員長は皮肉には気づかないで、礼を言われたとご満悦だ。

「今どき手紙なんて」

綾乃ちゃんが侮蔑《ぶべつ》の笑みを浮かべて、賛同を仰《あお》ぐように周りを見回すと、女子の何人かが慌てて笑みを取り繕《つくろ》った。

「まあ、メールや電話ですみますしね」

女子の雰囲気とは完全に切り離されたところで、委員長が真顔で同意する。

「あっそう。あんたたちはそれでいいんじゃないの」

眞子はけちを付けられて、たいそう腹が立った。

教室が手紙の是非について分裂し始め、ざわめきが大きくなってきたのを察知した先生が手を打った。

「はいはい。もういいです。手紙が待ち遠しいのはわかりますが、食事に集中しなさい。それから授業にも。ふたりとも座って。それじゃみんな、食べましょうね」

食べましょうと言ったって、眞子のスープは空なのだ。ソフト麺はランドセルに放り込んだ。みんなは座ったままイスを引いて机に寄ったり、給食の正面に座り直したりした。

「手紙が来たら見せてよ」

綾乃ちゃんが身を乗り出し、周りに聞こえないよう押し殺した声ですごんだ。

眞子が眉を寄せて綾乃ちゃんを見返すと、綾乃ちゃんは上目遣いの目を細めた。

「どーせ嘘なんでしょ、手紙なんて」

「嘘じゃないもん」

「だったら証拠、見せてよ」

とたんに険のある顔つきに豹変する。かずのお気に入りの『遠山の金さん』に出てくる悪人を思い出した。金さんは「おうおうおう、拝ませてやろうじゃねえか。夜の闇に咲いたこの桜吹雪《さくらふぶき》、見忘れたとは、あっ、言わせねえぜ！」と啖呵《たんか》を切ってもろ肌脱ぐのだ。

「いいよ、見せてあげるよ」

眞子は顎を上げて言い放った。あの悪人たちのように、目をひん剝いて腰を抜かすがいいさ。

帰り際、下駄箱のすのこで靴を履き替えているクラスメイトとすれ違った。

「眞子ちゃん、お返事来てるといいね」

声をかけられた。

「うん、きっと来てるよ。じゃあね」

「バイバイ」

手を振り合い、眞子は駆け出す。

「あたしもやろうかなあ」

という声が聞こえると、眞子はいっそう、嬉しくなった。

ところが、息急《せ》き切って帰って来てみれば、机の上には何もなかった。眞子の頭の中には、返事がのっかっていることが揺るぎないイメージとして張り付いていたため、ない、という光景を一瞬、理解できなかった。

目をぱちぱちさせた。

机の下を覗いたが、綿埃にまみれた消しゴムとこけしくらいしか落ちていない。こけしは足の土踏まずをゴリゴリするのに重宝している。

ひょっとしておばあちゃんは勘違いして、リビングのテーブルの上に置いちゃったのかな、とリビングに行ってみたが、テーブルにはセンタークロスの上にボックスティッシュと新聞、ペン以外何もない。キッチンのテーブルにも千代紙はなかった。

どうして？　ちゃんと伝えたのに。手紙出したのに。なんでないの？

足を踏み鳴らして部屋に向かうと、シュッシュッという音が聞こえてきた。聞いたことのない音だった。怒りは好奇心に取って代わられた。

「おばあちゃん、ただいま……」

襖を開ける。

かずが振り向いた。

畳に新聞紙を広く敷いて胡坐《あぐら》をかいたかずが、長方体の石に小刀を滑らせていた。

「おや、おかえり」

「何してるの？」

「よく切れるように研いでるんだよ」

「ぴかぴかなのに？」

新品に見える。

「買ってきたばかりのときも研いだほうがいいね」

「それ、小さい包丁だね」

「肥後守《ひごのかみ》といってね、鉛筆を削るのに使うの。そこの文房具屋で売ってた」

傍らの洗面器の水に肥後守をくぐらせ、また石にのせる。水は灰色に濁り、わずかにとろみを帯びていた。

包丁が三本、手ぬぐいの上に並べられている。

「キッチンの包丁も研いでるの？」

「そうね。たまに研いでやらんといかんから」

「ふーん。研いだって、使わないと思うな」

「肥後守を研ぐついで」

「ふーん……」

錆びた三本の包丁を皮肉な気持ちで見下ろした。研いでやらんと、というのは包丁のためなのか、それを使う人のためなのか。

「三枚のお札みたい」

「包丁は三本だ」

「違うよ。山で栗をとってくるように和尚《おしょう》さんにおつかいを頼まれた小僧さんが、知らずに山姥の家に泊まるんだ。寝てるときに物音で目が覚めたら、山姥が小僧さんを食うために包丁研いでるの。すっごい怖いでしょ」

かずは手を止めて「小僧さんはどうなったんだい。誰か助けに入らんと大変なことになる」と、真剣に尋ねた。

「ほんとに知らないの？」

「知らん」

「信じられないな」

「信じるも信じないもあなた次第です」

「だって絵本に載ってるもん。超有名なお話なんだよ」

「そうかい、それで小僧さんはどうなるね」

興味を示したかずに気をよくした眞子は、曾祖母の後ろに回ってランドセルを下ろして座り、かずの背中に寄りかかった。痩せぽっちだが丈夫な背中だ。

「小僧さんは便所に行きたいって嘘ついて逃げようとするんだけど、さすが山姥。小僧さんを縄で縛って連れていくんだ」

「ああ、さすが山姥だ。年の功《こう》だ。小僧さんは便所から逃げられるのかい」

かずは再び研ぎだした。シュッシュッと規則的な音に乗って背中が動く。ゆりかごのようだ。

「山姥が外から小僧さんをずーっと呼び続けるんだ。返事しないと逃げたってことになっちゃうから、小僧さんは返事をし続ける」

「小僧さんも大変だ。便所ぐらい静かにさせてやっとくれ」

昨日のことを言ってるのかしら。

かずは手を止めて研ぎ具合を親指の腹で確かめると、水にくぐらせて再び砥石《といし》の上を滑らせる。

「そこで小僧さんは和尚さんからもらっていた三枚のお札の一枚を柱に貼ってね、自分の代わりに返事をしてくれと頼んで、腰の縄を解いて柱に結び付けると、窓から逃げ出した」

「よーしよしよし」

「山姥が小僧さんを呼んで縄を引っ張ると柱が返事をするでしょ、縄からの手ごたえもちゃんとあるから、山姥はすっかり騙されて呼び続けるんだ」

「ほほお、柱は頼めば返事をするのかい」

「そうだよ、柱でも頼めば返事をくれるんだよ」

誰かさんは返事をくれないけどね、と眞子は口には出さねど思った。かずは包丁を研ぎ続ける。ゆりかご状態で話しているうちに眠たくなってくる。おばあちゃんの背中は気持ちがいい。

「それからどうなったんだね」

「小僧さんが遠くまで逃げたあたりで、山姥は気づくんだよね、それで追っかけてくる」

研ぐ音が途絶え、かずの背中がねじれたので、振り返ったのがわかった。

「さあ、大変だ！　面白くなってきましたっ」

眞子は欠伸をして目をこすった。

「そこで、小僧さんは残りのお札を使って自分と山姥の間に、山を出したり川を出したりして逃げる逃げる」

「まさに切り札だの。だが小僧さん、できれば最初のほうで気づいてほしかったんだが、そのお札に山姥をとっちめるよう願ったほうが早かったんじゃないのかね」

「やっとお寺に駆け込めた小僧さん」眞子はかずの意見を無視した。「和尚さんにかくまわれ一安心。和尚さんは山姥をだまして……」

「坊主のくせに騙したか、大した破戒僧だよ」

「……餅に化けさせて食ってしまったとさ」

「どんな味がしたんだろうねえ」

かずの声に霧がかかり、溶けていく。眞子はゆっくり瞬きをした。

寝てしまっていたらしい。目を覚ますと、正座するかずの丸い背中が見え、その向こうで教育番組の『わくわくあいうえお』が放送されていた。やはりマントを被った魔王が問題を出して、耳を震わせたウサギが悩んでいる。

さあ、これはなんと読むのかな？　正しく答えないと食っちゃうぞー。

ウサギがひらめき、口を開いた。

「づ・お・り・ほ・か・い・つ・れ・ぢ・し」

ウサギの声に被せて答えたのはかずだった。

画面が真っ暗になって稲妻が落ちた。魔王の高笑いが響く。

正解は「であいは　かいてんずし」でしたあ。残っ念ウサギさん。

番組の中のウサギが魔王にとって食われた。

「……まあそういう読み方もあるんだろうね。出会いは回転寿司だって？　どういう意味だい。しかし惜しかったよ、『か』『い』『し』は合ってた」

かずの足の親指が決まり悪そうにこすれ合う。親指の裏にもささくれができていた。

眞子はその指をくすぐった。かずの背筋がぴんと伸びた。リモコンでテレビを消すと、振り返った。素早く無駄のない動きだった。

「起きたな」

平静を装っているのがわかった。眞子はいったん、体をギュウッと縮めてから目いっぱい伸ばした。寝て起きたらすっきりしていた。気持ちも胃袋も。

ソフト麺を持ち帰ってきたのを思い出した。

「おばあちゃん、給食食べよう」

「給食っ」

かずが目を輝かせて振り返った。

ソフト麺はかずと半分こした。スープはかずが作った。と言っても煮立てたスープの素に、炒めたキャベツとひき肉を入れただけだ。眞子も手伝った。キャベツを切ったのだ。包丁を握るのは初めてだったが、学校で使っているカッターと似たようなものだと思った。キャベツをどれぐらいの大きさに切ったらいいのか聞いたら、かずは「ざっくりでいい」と言った。ざっくりがわからなかった。一口大と言われ、一口大がわからなかった。かずは呆れることなく、一寸より短くと教えてからすぐに二センチと言い換えた。眞子は定規を持ち出してキャベツの葉に押し当てた。かずは隣に立って眞子のすることを興味深そうに見守っている。

にせんちにせんちと唱えながら一枚一枚切った。正方形のキャベツがたくさんできた。正方形のキャベツは千代紙を思い出させた。芋づる式に、返事のないことも。おばあちゃんのくせに約束を破るなんて、ともやもやしてくるのだった。

ラーメンは給食の味に近い出来だった。

テレビでは『遠山の金さん』が始まった。粋《いき》でイナセな金さんが、下町の一膳飯屋の暖簾《のれん》をくぐる。

「おばあちゃん、今日忙しかった？」

「ああ、忙しかった。朝からゴミ漁《あさ》りのカラスと戦った。何しろあいつらときたら、あたしの面《つら》覚えてて、石落としてきよるからね」

キャベツをしげしげと見て口に入れたかずは、眞子に視線を走らせる。眞子はじっとかずを見つめる。かずは咳払いをした。

「それから公園の掃除をしてな」

チラッと眞子を見る。眞子は目を逸《そ》らさない。かずは麺を啜って咽せ、呼吸を整えてからまた続ける。

「そのうちに、スーパーのタイムセールが始まる時間になったから、行ったんだ。どん兵衛ご当地そば五個セットが安かった。ひとりひとつまでって無体《むたい》なこと言うもんだから、レジに二回並んださ。帰ってきてどん兵衛を食べて昼寝して、『金さん』の再々放送を観て、肥後守を研いどるところに眞子が帰ってき」

「そりゃ相当忙しかったね」

かずの語尾に被せて眞子は言い、すっかり半眼になった。

「かなりなハードスケジュールだった。特にゴミの日だったから朝から全力だ。全力ばばあだ」

そんなに、はあどすけじゅうるだったのなら、返事も無理か。あたしの手紙を読んですらいないのかも。

テレビに目を向けた。これはいったい何回目の再放送なのだろう。『遠山の金さん』では、物売りに化けた偵察要員が浪人と接触、倒れて商品が散らばる場面が流れた。眞子はドラマの流れより、散らばったリンゴのほうが気になった。

「あたしもリンゴの行商をしていたことがあるんだ」

かずが言った。眞子はテレビからかずに視線を移した。

「行商って?」

「ほれ、この男みたいに品物を背負って売り歩くんだよ。訪問販売だね」

リンゴの箱は三つ。六十キロを背負って朝一の汽車に乗り、一軒一軒訪ね歩く。追い返されるのは日常茶飯事《さはんじ》、客の中には「値段を負けろ」とか「リンゴをおまけしろ」とごり押ししてきたり、バケツで水を引っかけて追い返そうとしたり、強者《つわもの》になると内職だの子守を手伝わせたりするのもいた。

「ヤな思い出だね」

「なあに、ばあちゃんだって負けとらんよ。その日は一番いいリンゴを一山サービスしてな。次の日同じ家に行くんだ。それでまたサービスして、内職手伝って子守をしてな。何日か繰り返したらある日、駅から出たところに集落中の連中が財布持って集まっとったわ。我先にいいリンゴを買おうとしてさ。おかげで六十キロを背負ってうろつかんでもその場で完売できるようになった」

「へえ。いい思い出だね」

「ヤな思い出も、いい思い出も同じだけあるさ」

かずの話を聞きながら、感情を爆発させずにかずの話に耳を傾けられたのは、我ながら上出来だと眞子は自分を称《たた》えたくなった。今日のところは手紙についてはとやかく言わないでおこう。

ただ綾乃ちゃんに啖呵を切ってしまったのが悩みの種だった。

食後、『おてがみ』の音読をした。かずは黙って聞いていた。身に覚えがあってしゅんとしているように見えたが、それは眞子の気のせいだったかもしれない。

音読後、サインを記入するときばかりはかずはシャキッとした。

「な」を書くときに、かずの手が一瞬、止まった。うつむけた視線が前日のサインに走ったのを眞子は見逃さなかった。

ひやりとした。

誰だって、自分が書いた自分の名前を書き直されたんじゃ、おもしろくないだろう。傷ついてしまう。あたしが直したことがバレたらどうしようと、落ち着かない気持ちになる。

かずは特に何も言うことなく、「な」と書いた。正しい輪の途中で芯が折れた。折れた音は釘を打ち込んだような衝撃を伴っており、眞子の心臓に突き刺さった。

「削ってくる」

なんだか一刻を争うような気持ちになった眞子が、鉛筆を奪おうとすると、かずは落ち着いて「まあ、待て待て」と自分の方へ引いた。こたつの上に新聞紙を広げると肥後守で削りだした。

面白いように削られていく鉛筆を見ているうちに、眞子の焦《あせ》りは鎮まってきて、いつの間にか身を乗り出して見入っていた。

数分後にはちゃんと尖っていた。軸にも芯にも刃の筋が残っている。

「どうだい、削り具合に味があるだろう」

「やっぱり鉛筆には味があるんだね」

だからかずは舐めていたのだ。年寄りになると老眼鏡が平気になるのと同じく、鉛筆の味もわかるようになるのだろう。今はどこが旨《うま》いのかわからないワサビもニンジンも、年を取ればおいしいと感じられるようになるはずだ。


玄関のドアが閉まる音がして、眞子は目を覚ました。枕元の時計を見ると夜十時を回っていた。

スリッパの音が部屋の前を横切っていく。この足音は志摩子だ。

キッチンから志摩子の荒げた声が聞こえた。

「かずさん」

「ひょっとして、ガス使いました？」

眞子の胸が一瞬にして冷えた。キッチンと眞子の部屋は廊下も壁も隔てているのに、志摩子の責める声はバリバリと眞子を裂く。おばあちゃんはまともに浴びて、死んじゃわないだろうか。

眞子は横になったまま膝を抱えた。

「おや、使ったっけね」

とぼけたかずの声が聞こえた。

「ガスは危ないから使わないでくださいってお願いしているはずですが。冷凍食品がありますからレンジを使ってくださればいいのに。それともあの中には召し上がりたいものがありませんか？」

立て板に水のごとくまくしたてる。志摩子は、ガスを使ってほしくないというより、キッチンにかずが長い時間、留まるのが嫌なのではと眞子は悪いほうへ考えてしまった。冷凍食品ならキッチンに入るのは冷凍庫から出すときだけで、温めるのはかずの部屋でもできる。もっとも、かずが冷凍食品を食べることはほとんどないが。

なんだか学校での出来事を思い出した。隣の席の綾乃ちゃんに「ちょっと、こっからこっちは、あたしの席なんだから入ってこないで」と非難されたことがあった。肘が机の境目から綾乃ちゃん側へはみ出していたのを怒っていたっけ。

「いやいや、そういうことでないんだけど……ああ、すまんかったね」

かずがまどろむような口調で謝っている。

だが、志摩子はレジ袋がガサガサいう音に混じって、んもう心配してるんですからね、それとも食事への不満のあてつけですか、としつこく言い募る。冷蔵庫のドアが閉まる。レンジの扉が閉まる、水音が続く。眞子は布団を被った。あたしがソフト麺を食べようと誘ったせいだ。眞子は罪悪感でいっぱいになる。

「そうだ、昨日、回覧板が来とったからリビングに置いてあるよ」

「昨日？　リビングに？　気づきませんでした。どうして早く教えてくれないんですか。何が書いてありましたか」

「見ぃとらん」

「読んでおいてくださってもいいじゃないですか。こっちは忙しいんですよ」

「老眼でなあ、アブラムシみたいな字ぃはアレ、年寄りには酷なもんなんだよ。志摩子さんは若いからわからんだろうが」

「まあ、若いだなんて」

志摩子の声がようやくやわらいだので、眞子は「ナイス、おばあちゃん」と布団の中で親指を立てた。

「あ、これかずさん宛ての郵便物です」

「いいよ、あたしのは。見たってつまんないもん」

「でも」

「浩一郎にでも渡しといてくれんか」

すっかり目が冴《さ》えてしまった。

眞子はベッドから起きだし、机に向かった。引き出しから千代紙を出して手紙を書くことにする。何を書こうか。こけしを足の裏で転がしながら考えを巡らせる。

鉛筆削りに鉛筆を入れようとして、肥後守を思い出し、カッターを出した。カッターで鉛筆を削ったことはないのでワクワクしてきた。刃を軸にあてがって押し出した。すぐに刃は止まった。深く刺さってしまい、動かせない。少し力を入れて押したり引いたりしてみた。こけしを転がす足にも力が入る。が、刃はびくともしない。おかしい。かずはチーズを削るように、いとも簡単にそれも気持ちよさそうに削っていたのに。力を込める。刃がしなる。折れるかもしれない。でもここでへこたれちゃいけない。負けるもんか。思い切り力を入れて引っこ抜いたら、足の裏からこけしがすっ飛び、指に熱い痛みが走った。

千代紙に音を立てて赤い滴《しずく》が落ちた。

ひいっと息が引っ込んだ。人差し指から血が流れてくる。脈打つたびに出てくる。たまらず眞子は部屋を飛び出した。

「母さん母さん！」

レンジからピラフを取り出そうとしていた志摩子が、大声に驚いて振り返る。

「切っちゃった！　血が血が」

血が伝い落ちる指先を見た志摩子が青くなる。その顔を前に眞子は、自分は死ぬかもしれないと泣けてきた。

「何でこんなケガしたの！　何やってたのよ！」

志摩子は眞子の手を掴んで水道で洗うと、ティッシュでぐいぐい拭った。傷も怖いが、血走った目を吊り上げている母親も怖い。

志摩子は食器棚の上の救急箱を下ろし、オキシドールやら包帯やらを塗ったり巻いたりして、眞子の人差し指をアメリカンドッグのように仕上げた。あまり器用ではない志摩子のできる限りの手当てである。

血が見えなくなったものの、まだまだじんじんと痛みが響いている。

「何でこんなことになったの」

志摩子が詰問する。遅くまで働いて疲れて帰ってきてみれば、ばあさんはキッチンに入ってガスを使っているし、娘は指にケガをしてひと騒動起こす。

「……鉛筆を削って……」

「鉛筆を削って何でケガするの。電動削り器に指突っ込んだわけじゃないでしょ」

そうきつく言ってから自分の言葉に気がついた志摩子は、額を押さえた。

「というか、指突っ込んだらこんな程度じゃすまないわね」

「……カッターで削った」

「はあ!?」

志摩子の顔がぐいっと迫る。尖った鼻に突き刺されそうになって、眞子は顔を引いた。志摩子がむんずと眞子の二の腕を掴む。

「いっ痛い」

「なんでそんなことしたのっ。何、鉛筆削り器、壊れちゃったの?」

「ううん、壊れてない」

「じゃあなんでっ」

身をすくめ、目をぎゅっと閉じる。

「ご、ごめんなさい」

「謝ってたってわからないでしょ!」

「お、おばあちゃんがやってるのを見てやりたくなったから、です」

目をそーっと開けたら、志摩子の顔が真っ赤になって膨らみ、鼻の穴が倍になっていた。

寝不足の目は充血していて、山姥の目になっている。

見なきゃよかった。

半泣きになる。

「なんですって!?」

「ごめんなさいぃぃぃ」

もう指の痛さなんて問題ではない。自分には三枚のお札がないから食われるかもしれない。

志摩子は腕を放り出すように離すと廊下へ顔を向け「かずさん!」と吠え、立ち上がった。

「ま待って母さん」

慌《あわ》ててすがる。かずが見ている『遠山の金さん』の「ゴヨウダゴヨウダ」とか「ドウジョウヤブリ」「ウチイリ」などの場面が頭をよぎる。志摩子が放しなさいっとヒステリーを起こすが、放せるはずもない。

「あのね眞子、小さい子に刃物を持たせるなんてジョーシキじゃないでしょ!」

「おばあちゃんは嘘つきじゃないよ!」

「は!? 嘘つきとか正直とかそういうことを言ってるんじゃないのよ、母さんは」

眞子が突然、嘘つきがどうのと言い出したので、志摩子は面食らった。

眞子は志摩子から怒りが抜けていくのを感じ取った。

玄関ドアが開く音がした。鍵を締める音がして革靴を放り出す音の後、靴下のままの足音が近づいてくる。

「ただいま」

浩一郎がキッチンに顔を出した。手に紙袋と大きなカバンを提げている。

「あ、お帰り、浩一郎さん」

志摩子が顔を向け、ため息をついた。

「あれ、眞子まだ起きてたの？」

ちょうどよかった、お土産、と眞子に紙袋を差し出した。眞子の顔は、半泣きから普段の顔に戻りつつあった。紙袋を覗き込んだ眞子はいよいよ表情が乏しくなる。手を突っ込んで引きずり出したのは、使用済みのストッキングだった。

志摩子が悲鳴を上げた。眞子もびっくりして放り出した。手にしたものに驚いたというより、母親の悲鳴に驚いて。

ストッキングと思ったのは。

「ハブの抜け殻。すごく縁起いいだろ？」

浩一郎が鼻を高くしながら、テーブルの郵便物に気づいて拾い上げる。

「はあ!?　気持ち悪いだけよ」

志摩子に隙《すき》ができた。眞子は逃げ出し、かずの部屋に飛び込んだ。

血圧計みたいだな、とかずは眞子の二の腕に残る赤い手形を見た。

そろそろ寝ようとしていたかずは、布団にズボン下をはいた足を投げ出している。すそから伸びる脛《すね》は、物干し竿に伸し餅を引っかけたみたいで、眞子を寒々しい気持ちにさせた。

「血圧計より痛かったよ」

袖《そで》を下ろしながらぼやいた。予防接種で病院に行ったとき、志摩子が受付をしている目を盗んで腕を突っ込み、大騒ぎした苦い経験が眞子にはある。腕を抜こうたって、血圧計のやつはがっちりくわえて離さないのだ。恐ろしさと苦痛にゆがむ眞子をさらにいたぶるようにじわじわ締め付け、眞子の顔が青ざめれば青ざめるほど力を込めてくる気がした。腕がもげると思った眞子はついに、火がついたように泣き叫んだ。看護師と志摩子が駆けつけ、停止ボタンを押して事は収まったが、心臓はばくばくし、頭の血管が切れそうだった。

「母さんってば、こんなに握り潰すことないじゃん」

「志摩子さんはそれだけ心配だったってこった」

「だったらもうちょっと優しく心配してくれりゃあいいのに」

志摩子が心配してくれているということが照れくさくて、眞子はわざと批判した。

「おかげで指の痛さは忘れたし、血も早く止まったんだろう？」

「……」

眞子は唇を突き出した。

「災い転じて福となす、ケガの功名ってやつだよ」

何ソレ、お経かな。

「おばあちゃんは何でも知ってるね」

「そうでもないよ、あたしが八つの頃は、眞子よりずっとものを知らんかった」

「おばあちゃんにも八歳だったときがあったの？」

「はばかりながらあったね」

かずの脛を見た。

「信じらんない」

「あたしだって『信じらんない』よ。自分が八十の年寄りになるまで生きながらえようとはな」

「あたしも年寄りになるのかな」

「ま、運がよけりゃね」

「運、かあ」

「あたしだの、世の中の年寄りは単に運がよかったんだ」

かずは目を伏せて唇を閉じた。眞子もなんとなく何も言えなかった。

かずが伸し餅をたたいた。本物の伸し餅をたたいたような音がした。

「さあ、もう寝な。子どもは遅くまで起きてちゃいかん」

「はい。……おばあちゃん、部屋までついてきて」

「ああ、いいよ。どこまでだってついてってやろう」

眞子とかずは手をつないで徒歩三歩の眞子の部屋に行った。部屋の前で眞子はかずに謝った。

「ごめんね、おばあちゃんのこと告げ口しちゃって」

本当はこういう大事なことこそ手紙の出番だが、今謝らなきゃタイミングが悪い気がした。

「謝ることはないさ、本当のことよ。それに眞子のことでなら、ばあちゃんは喜んで怒られよう」

かずは威厳たっぷりに眞子の頭をなでた。なんだか志摩子を悪者にしたような気がして、それはそれで眞子を憂鬱《ゆううつ》にさせる。

眞子はアメリカンドッグを見下ろしてため息をついた。

「カッターの歯は薄いから難しいんだよ。ばあちゃんの肥後守なら、木を削るためにできとるから扱いやすい」

「それ、貸して」

「貸したら使うでしょ」

「うん」

「そしたらばあちゃんは志摩子さんに叱られる」

「さっき、怒られてもいいって言ったばかりじゃん」

「そんなこと、言ったかな」

「言った」

「怒られるのは好かんな」

「おばあちゃんでも叱られるのは嫌なの？」

「いくつになっても好きになれん」

「そっか。あたしも叱られるのは嫌なんだ」

「ま、志摩子さんだって好きで怒ってるわけじゃないさ。誰だって怒るのはしんどいもんだから」

どう考えても好きで怒ってるようにしか思えなかったが、それを言うと、母親の悪口になりそうだし、かずの思いやりをないがしろにしてしまいそうなので、眞子は反論しなかった。

「包丁を使うのはいいの？」

「包丁はいいの。箸を持てるようになったら、包丁も扱えんようにならんといかんからな」

「どうして」

「生きてくため」

刃物ならみんな同じじゃん、と思ったが、夜中に討論会を開催する気力もないので眞子はため息をついて肥後守は諦めた。まあ、たいして使いたいというわけでもなかった。また痛い目をみるのはごめんだからだ。


翌朝、朝食を食べにキッチンへ行くと、洗い物をしていた志摩子が一番に「指は大丈夫？」と気にかけてくれた。

アメリカンドッグのように巻かれた包帯の下がどうなっているかはわからない。

「どれ」

志摩子が洗剤のついたスポンジと皿を置いて、手を洗い、眞子の手をとった。

志摩子の手は水仕事でひんやりと冷たかった。

包帯が解かれていく手元から、眞子は顔を背《そむ》けた。とんでもない事態になっていたら、今日は学校を休ませてもらおう。

「あら、もういいみたいね。すごいわね子どもの傷の修復力は」

と、感心した。

そっと目を開けて確認すると、傷口は白くふやけてくっついていた。絆創膏《ばんそうこう》に換えてもらってスッキリさせた後、朝ごはんを食べ、かずのこたつに手紙を置いてから家を出た。手紙を置いたことなどおくびにも出さず、ゴミ集積場所を掃いているかずに「いってきまーす」と挨拶《あいさつ》だけした。

「手紙置いておいたからね」と、断らないのがかっこいいと眞子は思っている。いつの間にか届いている、というのが手紙の醍醐味《だいごみ》であり、粋であるのだ。


教室に入った眞子を、綾乃ちゃんが待ち構えていた。眞子が席に着くとつかつかとやってきて、腰に手を当て挑発的に見下ろした。無言だ。

ふたりの様子に気がついたクラスメイトから話し声が引いていく。みんなの注意が集まってくるのを眞子は肌で感じた。

「おはよう」

と挨拶してみた。

「手紙は？」

綾乃ちゃんは挨拶を返すことなく、ピンと伸ばした手のひらを喉目がけて突き出した。眞子の喉を掻っ切ろうとする刃に見える。

眞子は答えず、ランドセルから教科書やノートを机にしまっていく。かずのサインが入っている音読用のノートは朝一で提出するので机の上に出しておいた。

「田中さん！　聞いてる⁉　手紙を見せてくれるって言ったじゃない」

鋭い声に、教室がしん、とした。眞子は面倒くさそうに顔を上げた。

「ないよ」

「ない？」

「持って来なかった」

「嘘」

「嘘じゃない」

返事がなかったんだから持ってこられるわけがない。

「じゃあなんて書いてあったか言ってみてよ」

眞子は言葉に詰まった。その顔を見て綾乃ちゃんはいよいよ高慢ちきに口角を上げた。

「手紙の返事、もらえないんでしょ」

鬼の首を取ったように高笑いした。ひそめた話し声があちこちのグループから立ち始める。

眞子は口を真一文字に結んで、視線を落とした。強く強くジャポニカ学習帳をにらみつける。

「初めっから手紙の話は嘘だったんじゃないの？」

「嘘じゃない」

「嘘つき」

綾乃ちゃんは教室を見回して声を張り上げた。

「田中さんは嘘つきでーす。大嘘つきでーす。嘘つきは泥棒の始まりでーす。田中さんは泥棒でーす」

力業《ちからわざ》の三段論法。教室はざわざわする。ニヤニヤしたり、ドロボー、と尻馬に乗る人もいる。

眞子はノートで机を殴りつけて立ち上がった。

「あたしは嘘つきでも、泥棒でもない！」

目は血走り、鼻の穴はその瞳《ひとみ》より大きくなる。綾乃ちゃんは余裕の顔を向けた。罪人が怒ろうが喚《わめ》こうが、それは負け犬の遠吠えでしかないのだ。

先生が教室に入ってきた。いつの間にか朝の会の時間になっていた。

「何してるの、席に着きなさい」

席に着いても、ざわざわした空気はしぶとく居座り、振り返ってまで眞子を見て、わざとらしい嘲笑《ちょうしょう》を浮かべる男子もいるし、顔を寄せ合ってひそひそ話す女子もいる。みんなこれ見よがしだ。

「どうしたの」

先生が尋ねるが、誰も答えない。先生は委員長に問いただした。

「田中さんが嘘をついたので泥棒ということになったんです」

委員長はまたしても背筋を伸ばし、張り切って答えた。簡略化しすぎたために偏《かたよ》った説明になったのが眞子には腹立たしかった。誰がそんなでたらめを広めたのかちゃんと述べるべきだ。そうでなければ不公平である。

「嘘？」

「手紙のことです」

誰かが発言した。

「ああ、そういえば」

眞子や綾乃ちゃんにとっては朝一に重要なことでも、ふたりより三倍長く生きている先生にとっては「ああ、そういえば」程度の話なのだ。

「いろいろあるでしょうが、まずは音読ノートを提出してください」

そして先生にとっては手紙のことは「いろいろ」の中にまとめられる事柄なのだ。

眞子は悔しくて唇を噛み、むふー、むふーと煮え立つ怒りを鼻から吹き出させ続けた。

帰りの会のときに、眞子は職員室に来るよう告げられた。クラスメイトたちはこれからパーティのひとつも始まろうかというような顔をした。

職員室は別名「説教部屋」と言われる。児童にとってはまったく……夢のような場所だ。入り口で、決まりに則《のっと》り大きな声で「失礼します、二年一組、田中眞子です」と名前を告げる。入り口から三歩のところに先生がいても、だ。

職員室は、運動着に着替えた先生らが動き回っていたり、ユニフォームを着た上級生がしょっちゅう出入りしていて落ち着かない。

パソコンに向かっていた先生がイスを回して振り返った。先生の机の上には眞子の音読用のノートがあった。今回の議題であろう。

「田中さん、自分でサイン書いてない？」

先生はいきなり聞いてきた。

「正直に言いなさいね」

正直に言えなんて、まるであたしが嘘つきであることが前提じゃないか。——嘘つきは泥棒の始まり——綾乃ちゃんの非難まで思い出し、奥歯をギリリと噛んだ。

「私は書いてません」

「な」の輪っかの部分が反対なのを消して書き直したことも先生が言う「自分で書いた」ことになるのだろうか。筆圧の強いかずの字は簡単になかったことにはならず、「な」はこぶとりじいみたいにダブルの輪をくっつける羽目になってしまった。枠に収まり切れていないし、文字が浮足立っている。眞子の字のほうがまだ上手だ。そんな字を、おとなが書いたなんて誰が納得するだろう。

「音読をしてもらうのが目的なのよ？　音読しなかったら意味がないの」

眞子はあっけにとられた。先生が疑ったのは、サインについてだと思ったが、そんな上辺《うわべ》の問題ではなく、実は眞子が音読をしないで、ズルをしたのではないかと根底から疑っているのだ。

「そんな。先生あたしはちゃんと読んでます！」

つい大声を出したら、周りの教師や児童が眞子に注目した。眞子は構わず、むしろみんなにも聞こえるように腹に力を入れた。

「『ふたりは　ともだち』の中に入っている『おてがみ』っていうお話です。本当です」

「ああ、それで手紙の話がでたわけね」

先生はおざなりに頷きながら、パソコンの時刻を確認した。

「今日からちゃんと読むこと、いいですね」

「昨日もおとといも読んでました」

信じてもらおうと必死に主張するが、先生には届かない。

「それにこの『な』はないでしょう。丸を反対に書くなんて、まるで一年生じゃない。もう二年生なのにひらがなも書けないの？」

ドキっとした。

「あ、あたしは書けます」

自分の言葉にヒヤリとした。今、「あたしは」って言った？　だって、それはおばあちゃんが書いて……おばあちゃんが……。

眞子はこぶとりじじいの『な』を見つめた。胸が苦しくなり、息がしづらくなる。

ひらがな書けないひらがな書けないひらがな書けない……。

口ごもった眞子から、先生の関心は脇に置いてあった書類に移った。

「そうそう。参観日の出欠、まだ提出してないの田中さんだけなの」

見覚えのある書類は、参観日の出欠確認だった。

「お父さんやお母さんにお知らせ見せてる？」

また、疑う。なんなのだ、この人、刑事になればよかったのに。心の中で悪態をつきながらも、眞子は目を逸らさずにいられなかった。唇に力を込める。

「お父さんかお母さんとお話ししたいんだけど、携帯番号知ってるかしら？」

眞子はさらに唇を引き結んだ。

「今回は面談があるの。ご両親はお忙しい？　去年、一度もお見えにならなかったでしょう」

「一回来ました」

「そうだった？」

一年生の最初の参観日に一回来た。あれを「来た」仲間に入れていいのかわからないけど。去年の五月、張り切って参観日のお知らせを見せたとき志摩子は、「仕事なのよね」と浮かない顔をした。その顔は眞子が期待した顔とは正反対のものだった。志摩子は浩一郎が休めるかどうかを相談したが、浩一郎はパソコンをやりながら生返事ばかりしていた。気の短い志摩子がキレて怒鳴り、そこから愚痴《ぐち》に突入し、さらに男女差別についての批判にまで広がったところで、眞子は自分の部屋へ引き上げた。

当日、眞子は授業が始まる前から、みんなと同じように何べんも後ろを振り返っていた。ぐちぐちしていたけど、きっと来てくれるだろう。だって学校が来なさいって言ってるんだから。

授業が始まるまでに後ろの黒板が見えなくなるほど親が集まった。その中に眞子の母親はいなかった。

授業中何度も振り返って確認した。ひょっとして見落としているのかもしれない。しかし、目が合うのは知らないおばさんばかりだった。見るたびにがっかりするのに、次に振り返ったらきっといる、と信じて期待を込めて振り返り続けた。

いないのだった。

振り返るたびに期待は膨らみ、落胆は深くなっていく。

母さんは忘れているのだろうか。それとも日にちを間違えているのだろうか。教室を間違えたのかもしれない。もしかして、眞子が渡したプリントだけが日にちと時間が違ってたのかな。早く来てよ、終わっちゃうよ。

「田中さん」

先生に注意され、眞子は前を向いた。教室の中にちょっとだけ、嘲笑のさざ波が起こった。でもそれはどうでもいいことだった。志摩子が来ないってこと以外、全部どうでもいいことだった。

ついに終わりのチャイムが鳴った。日直が、きりーつと号令をかけた。

教室の戸が引かれる音がした。みんなが後ろの戸に注目した。眞子も当然振り返った。

母さん。

今朝出て行ったときのパンツスーツ姿だ。

待ち焦《こ》がれていた志摩子だったのに、眞子は全然嬉しくなかった。それどころか怒りさえわいてきていた。

帰り道、志摩子は前をさっさと歩いていく。パンツの裾で梅雨の鬱陶《うっとう》しい空気を蹴散らして。

眞子はその後ろを、二メートルほど離れてついていった。

手を繋いでいる他の親子の中にあって、眞子たちは周りから完全に浮いていた。

何、怒ってるの。

志摩子は前を向いたまま声を尖らせた。

さっきから膨《ふく》れっ面《つら》で。母さん、仕事を切り上げてみんなに迷惑かけてまで、わざわざ来たんだからね。

眞子は足を止めた。母とは随分《ずいぶん》、距離ができた。

「めいわくかけて?」

数メートル進んだ志摩子が立ち止まって振り返った。憮然《ぶぜん》としていた。

「今、わざわざって言ったの?」

眞子は無表情に志摩子の言葉を繰り返した。志摩子も眉ひとつ動かさずに冷たいくらい静かに眞子を見ている。

眞子はこぶしを握った。みんなに迷惑をかけて、わざわざやってきた志摩子が観たのは、授業終了の起立だけだ。

「そんならもう来なくていい！」

志摩子の横を駆け抜けた。

当時を思い出して嫌な気持ちになった。参観日にいい思い出はない。あんなこと言ったから、志摩子は来なくなったのだ。

音読ノートを手渡され、眞子は我に返った。

「今日はこれでお終《しま》い。さあ帰っていいわ、気をつけてね」

先生は立ち上がって眞子を戸口へ押した。眞子にしてみれば、先生にちゃんと読んだと認めてほしかったのに、認めたと確約を取りたかったのに、鼻先で扉を閉められてしまった。

忍び笑いが聞こえたので顔を向けると、綾乃ちゃんが窓側の壁に寄りかかって眞子を眺めていた。

「嘘つきさんは怒られたんだ」

眞子はにらみつけた。綾乃ちゃんは眞子の牽制《けんせい》にも頓着《とんちゃく》せずに駆け寄ってくると、音読ノートを奪った。

「音読のことでも怒られたんだ、フン、汚い字」

眞子は目を剥いた。

「返して」

手を出すと、綾乃ちゃんはノートを引っ込めようとして落とした。

「自分で書いたね。ズルなんかしてサイテー、こんなもの」

白い上履きがノートの上にずん、と落ちた。綾乃ちゃんは、眞子のショックを受ける顔を面白そうに眺めながらつま先をねじった。眞子は頭の毛穴が締まる感覚を覚えた。突き飛ばしてノートを拾い上げた。転んだ綾乃ちゃんを踏みつけてやろうと足を上げた。踏みつけた上にねじって丸めて捨ててしまおうとしたら、背後の職員室の戸が開いた。眞子は振り返った。びっくりした顔の先生と目が合う。

「何やってるの！」

眞子は踏もうとした足で綾乃ちゃんを飛び越えると駆けだした。

「こらっ田中さん！」

家に向かって、走ったり歩いたりを繰り返しているうちに、気持ちは落ち着いてきた。学校で何があったって、家に帰れば手紙の返事が自分を待ってるはずだ。そう祈るように、怒りを期待に変えて帰ってきた。

ノートについた足型をお腹にこすりつけて、きれいにしてから玄関戸を引いた。靴を脱ぎ捨て、自分の部屋に飛び込んだ。

眞子の顔から表情が抜ける。

机の上は空っぽだった。

眞子の眉も口角も富士山型になった。

泣きたい。

今日一日ときたら、まったくろくでもなかった。そのとんだ一日を、家に帰れば手紙があるはずという期待にすがって、やり過ごしてきたのだ。

ところが、コレだ。

嘘つきになる。あたしは嘘つきになってしまう。

怒りが再燃した。こぶしを強く握る。息が苦しくなる。

泣けるかっ。

言ってやんなくちゃ。泣いてる場合じゃない。言ってやるんだ。どうして返事くれないのって。もう醍醐味とか粋とか言ってられない。

眞子は息まいてかずの部屋に乗り込んだ。

「おばあちゃん！」

勢いよく襖を引いた。眞子は肩透かしを食った。誰もいなかった。テレビでは『わくわくあいうえお』が流れている。

「さあ、これはなんと読むのかなあ？　正しく読まないととって食われるぞぉ」

芝居口調でマントを被った魔王が、両手を上げてウサギに覆い被さるように伸びたり縮んだりしながら問題を出している。ウサギは耳を震わせながら必死に考えていた。

眞子はむっつりとした。

何がうきうきか。いっこもわくわくなんかしない。魔王にもウサギにも腹が立ってくる。

こたつの上が視界に入る。老眼鏡、虫メガネ、鉛筆、チラシの裏――。

チラシをちょっと引き出してみた。ひらがなが書かれている。書かれているというより、刻印されているといったほうが正解なほどの筆圧だ。「われね」「あおぬ」「いこり」「つう」謎の言葉が何べんも何べんも。

訳のわからない薄気味悪さと、切り裂かれるような胸の痛みで、なんだか、また泣きそうになってきた。

背後で水を流す音がして、ドアが開閉した。眞子はリモコンをつかんでテレビを消した。

「おや、おかえり」

「ただいま」

かずは部屋に入ってくると、テレビがついていないことにわずかに首をかしげるそぶりを見せたが、何も言わなかった。腰を下ろし、「今日もオンドクのしくだいがあるのかい」と期待のこもった顔を向ける。

「あるよ」

眞子は座ってこたつの上に冊子を開いた。本当はちゃんと立って、姿勢よく読まなければならないが、どうせ先生は見ていないのだ。見ていたら読まずにサインしただなんて疑わないもの。

かずは正座した太ももに両手を突っ張って、冊子へと身を乗り出した。顔に好奇心が透けて見える。

眞子が読んでいくと、かずは文字を追うように顔を動かす。が、タイミングがずれる。上のほうにある字を読んでいるのに、ページの下のほうを見ていたり、読み終わったページに気を取られていたりする。

眞子の耳に先生の声が蘇《よみがえ》る。

ひらがなも書けないの――。

それはやがて自分の声に変換されている。怖くて眞子は頭を振った。

読み終わるとサインをくれる。かずが書けば文字の通りに雨どいのような溝ができるし、「跳ね」や「点」の部分でノートに穴があくこともあった。

「おばあちゃん、そんなに力を入れなくたって大丈夫だよ」

やんわりと注意した眞子に、かずは恥ずかしそうに顔を赤らめた。

「そうかもしれんけど、ついつい力が入っちまうんだよ」

自分の名前を見つめる。そこには「たなか　かず」と堂々とくっきりと書かれている。

なにが「書けない」だ。そんなことない。ちゃんと書いてあるじゃないか。眞子はその字をみつめ、噛み締めるように頷いた。

「眞子は力が入らないかい」

「一年生の頃は力を入れてたけど、穴はあかなかったよ。消しゴムを使うときは今でも破っちゃったりするけど……」

かずはあいまいな笑みを浮かべた。

「一年生か……」

「あ、でもあたしも難しい漢字を書くときはいつの間にか強く書いちゃってるかな。なあんだ、そんならおばあちゃんと一緒だね」

あははと笑う眞子に、柔和な笑みを向けたかずは、文字がそこにちゃんとあるのを確かめるように指でなぞった。

音読が終わったら、遅いおやつのような早い夕飯のような食事となる。

かずは小型冷蔵庫から二食入りのゆでそばや肉、野菜などを出すとキッチンに移動した。眞子にネギをぶつ切りにさせ、「こりゃ鴨肉なんだ」と発泡トレーから色の濃い肉をホイルに並べて、眞子にネギをのせさせるとトースターで焼いた。音読のときとは対照的に緊張から解放され、伸び伸びとしているように見える。グラグラと沸かした湯にめんつゆと少しのしょうゆを加えたつゆに、軽く湯がいたそばを放し、鴨肉とネギを浮かべた。

切ったり焼いたりする作業がついてくるから、かずとの食事は楽しい。

眞子とかずは悪事を働いた後始末のように、包丁はさっと研ぎ、菜箸はぶら下げる釘の順番を守り、戸棚に仕舞った鍋の角度にさえも気を遣った。ちょっとくらい変わっていても、朝食しか作らない志摩子が気づくかどうかは微妙だが、注意を払うに越したことはない。

両手を合わせて、いただきますをする。こんがり焼けた鴨からは脂がしみだしている。それを吸ったネギはくたくたで香ばしい。かずが七味を振ったので、眞子も振ってみた。冷凍食品では七味を振る機会はない。

眞子はピリッとした刺激に咽る。

かずはそばに咽た。

眞子はティッシュを引き抜いて鼻をかむ。

続いてかずも引き抜き、口元を拭う。

眞子はそばを啜りながら、手紙のことをどう切り出そうかと考えた。『わくわくあいうえお』を流していたテレビに目を向けて、黒い画面に映る自分と目を合わせる。そばを持ち上げ、またつゆに戻してぐるぐるとかき回す。

かずはどうしたの、と聞いてはくれない。放ったらかしだ。そこが眞子には居心地がいいところでもあるし、もどかしいところでもある。

そばを食べきり、丼《どんぶり》を持ち上げてつゆを飲んだ眞子は切り出した。

「おばあちゃん、今日も忙しかったの？」

「ん？」

かずは箸を持つ手を下ろして眞子を見た。

『しんあいなるおばあちゃんへ

ずるをしたとおもわれました。

うそつきといわれました。

あたしはうそつきじゃなんかじゃないよね。

おばあちゃん、おへんじください。』


文面が浮かぶ。ため息が出た。ああ、嫌な手紙だ。かえるくんはがまくんを幸せにしたくて手紙を出した。かえるでさえもわきまえているじゃないか。

頭の中の手紙をくしゃくしゃくしゃに丸める。

ため息の原因はほかにもある。参観日の出欠のこと。どうせ志摩子も浩一郎も来られないはずだ。

眞子は目の前でそばを啜っては盛大に咽ている猫背の老人を見た。その目が少しばかり見ひらかれる。

「おばあちゃん、学校来れる？」

「ん？」

「忙しいからやっぱり無理？」

「なんだい？」

「参観日」

「晩餐会《ばんさんかい》？」

「参観日。家の人が授業を見に来る日なの」

「あたしも学校に行けるのかい」

かずは眞子へ向かって首を突き出す。

「どして？　くじにでも当たったのかい？」

「全員もれなくご招待。あのね」

かずが来てくれそうなので、眞子はとっくに捨てていたはずの希望を抱き直して、慎重にうかがう。

「三者面談っていう、先生とおばあちゃんとあたしとで話をするのも、もれなくついてくるんだけど」

「ああいいよ」

かずはもみ手をした。

「話し合おうじゃないか。そんなに不安がらなくても大丈夫だよ。別に保証人になれだのと泣きつかれるわけじゃあるまい」

眞子はかずの気が変わらないうちに、と部屋に駆け込むとゴミ箱をひっくり返した。丸めた紙が一個だけ落ちてきた。上下に揺さぶると、どっと降ってきて、床に散らばった。破れたテストや献立表、学級通信などをかき分け、硬く丸められた紙を拾い上げる。破かないように丁寧に開こうとしたが、焦っていたようで破ってしまった。しまったと、別な方向から開こうとしたらさっき破れたところがまた一気に破け、あれこれやっているうちに散り散りになった。

セロハンテープで留めた、不名誉なありさまのプリントをかずに差し出した。

「おばあちゃん、これ出欠確認なんだけどね、サインしてちょうだい」

「よしきた。それにしても、この書類はいささかわんぱくすぎやしないかい」

かずは肥後守で削ったピンピンの鉛筆を舐めると、手のひらで紙を押さえて、力強くサインをした。文字自体が「ぜったい」とか「何が何でも」と意気込みを叫んでいるようだ。

「参観日は再来週の金曜、一時から。二年一組に来てね」

「わかった」

「本当にわかったの？」

「わかったよ」

「じゃ、繰り返して」

ここは慎重になる。日にちを間違えたり、教室を間違えたりする可能性がないとは言えない。本当ならメモで残しておきたかったが、たぶん、かずには無理だ。覚えておいてもらわなきゃならないのだ。

「らいしゅうのきんよう、いちじ、いちねんいちくみ」

「再来週だよ！　二年一組！　もっかい言ってみて」

「再来週金曜。二年一組、もっかい言ってみた」

「いよーしよしよし」

眞子は、お手ができた犬を褒めるように腕を組んで鷹揚《おうよう》に頷いた。

かずは腰を上げると、冷蔵庫に引っかけているカレンダーに「1、2、1」と書き込んだ。

眞子の口が薄く開いた。

かずは得意顔で振り返った。

「これで万全」

翌日の帰りの会が終わったときだった。先生が眞子と綾乃ちゃんを教卓へ呼び寄せた。眞子は参観日の出欠の紙を提出しようとしていたので、ちょうどいいと、のこのこ出て行ったら、「田中さん、昨日あなたが山口さんにしようとしてたことはよくないことよね。山口さん、あの後、泣いちゃったのよ」と深刻な顔をされた。

眞子は思わず隣にたたずむ綾乃ちゃんを見た。彼女は痛々しそうな表情をうつむけている。眞子は心持ち、のけぞった。「え〜、なにそれー」だ。

「田中さん、謝ろうか」

先生がふたりの背中に手を添えて向かい合わせにさせた。そのことにも「え〜、なにそれー」だ。先生は眞子だけが悪いと決めつけている。綾乃ちゃんがどういう説明をしたのか、想像するのは容易《たやす》かった。

「さあ、ごめんなさい、しましょう」

背中に感じる先生の手が熱を帯び、力が込められていくのがわかる。

みんなが見ている。ひそひそ言い合ったり、男子は眞子に、間抜けな面を近づけてわざとらしく覗き込み、委員長なんかはおせっかいにも「早く謝ったほうがいいですよ。謝るとか、お礼は早いほうがいいんだそうです」とアドバイスしてくれた。

綾乃ちゃんがもじもじしている。真っ白に洗濯された上履きのつま先をくっつけて。一方の自分のつま先は黒く汚れていた。

綾乃ちゃんは前髪の間からちらりと眞子を一瞥《いちべつ》した。その、ずる賢そうな目に、眞子はあんぐりと口を開けてしまった。

早く謝っちゃえよ、もたもたすんじゃねえよ、おめーが悪いんだろー。

何にも知らない連中は勢力が有利なほうに傾く。今は先生がついている綾乃ちゃんが圧倒的に有利だ。

眞子は深呼吸すると、奥歯をかみ締めて「ごめんなさい」と早口で謝った。先生の手をすり抜けて廊下へ駆ける背に、

「あほか、早く謝れって早口で謝れってことじゃないんだよ」

という誰かの罵声《ばせい》がぶつかる。敷居をまたいだところで、握っていた参観日の出欠確認のプリントに気づいて教室に戻ると、「あ、戻って来た」「戻って来るんだ」とばかにされた。

眞子は構わず、先生の机の上にたたきつけた。先生が身を引いてあっけにとられているのを尻目に、再び教室を飛び出した。

そのまま校舎を出て、校門を出た。つんのめるように走る。息が切れても胸が痛くてもこめかみが脈打っても、足を止めなかった。

スーパーの前に差し掛かったときだ。

「おーい」

最初の声は眞子の耳には届かない。

「まーこお」

眞子は声のしたスーパーの自動ドアを見た。足が止まったのは二、三秒後。

「……おばあちゃん」

かずが手を上げて招いていた。

「ちょうどよかった、眞子。そばのタイムセールがさあ、ひとりひとつまでなんだとさあ。眞子も並んでおくれー」


買い物袋を提げて歩くかずは機嫌がよかった。

「眞子のおかげで二回並ばないですんだ、ありがとう」

ほっぺたを赤くして、ほくほく顔だ。自分と同い年かと勘違いしそうになる。

家に着くと、電話が鳴っていた。

かずは鍵を開けて、買い物袋を玄関に置くと電話に出た。

——いつもお世話になって——ええ、はい。おやおや——はい、はい——志摩子さんですか？　志摩子さんの番号はええと——。

かずが急におとなになって、落ち着いた声で受け答えしているのが聞こえてくる。

眞子は玄関マットに腰を下ろして膝を抱えた。

あたしは悪くないのに謝ってしまったのだ。先生はあたしを悪い子だと思っている。

土埃にまみれた靴を見下ろして、綾乃ちゃんの白い上履きを思いだしていた。綾乃ちゃんはお母さんに洗ってもらっているんだと思ったら、口惜《くちお》しさがこみあげてきた。

歯ぎしりをして、かかとをたたきに打ち付けた。屈辱感でボロボロになっていく。屈辱感を踏みつぶそうと何度も何度もたたきを踏んだ。だが、そうすればするほど惨《みじ》めな気持ちは募る。

意味もなく下駄箱の扉を横に引く。一番下に、かずの靴。サンダルと長靴だけ。眞子の靴は、ピンクのウサギやイチゴがついたビニール製。汚れたままだ。大きさはちょうどいいので、履こうと思えば履けるけど、こんな赤ちゃんっぽいのは恥ずかしくて履けない。ほかにもキャラクターの靴や、かかとがちょっと高いものもある。どれも、好みじゃないから、たぶんもう履かないだろうな。

真ん中の段は浩一郎の靴。一番上の段は志摩子の。一、二、三、四……。どっちの靴も十足以上あって、ぎゅうぎゅうに詰まっている。

浩一郎の大きなスニーカーは、ずっと前、まだ今ほど忙しくなかった浩一郎が散歩用の靴が欲しいと思いついて買ったものだ。一度、それを履いた浩一郎とコーヒーを買いに自販機まで行ったことがある。そのとき以外、浩一郎がそのスニーカーに足を入れたのを見たことはない。志摩子のカジュアルなぺたんこパンプスは、かつて眞子を公園に連れていったり、保育園に迎えに来るときに履いていたものだった。側面に一センチの傷がついてしまったからと言ってもう履かれてはいない。

たくさんの抜け殻を眺めるうちに虚しくなる。

下駄箱の中はぎゅうぎゅうで、カラフルで、そして、ひっそりとしている。この家と同じだ。物は溢れているのに、持ち主は留守ばかり。

電話をすませたかずがリビングから出てきた。眞子は靴を脱ぎ捨てると、たまらずかずに飛びついた。

かずは何も聞かなかった。ただ、眞子の頭にふっくらとした手のひらを軽く二回、押し付けただけだった。

今日の音読は『おてがみ』ではなく、その次に載っていた川辺でガチョウの奥さんが洗濯をする話にした。『おてがみ』はやっぱりなんだか、かずに当てつけているような気がしたからだ。

かずは「なんでそこでガチョウなんだい。洗濯ならアライグマか、川で洗っとるんなら、ばあさんじゃなきゃおかしいだろ」とまったく承知できないようだったが、眞子にはどうでもいいことだった。

「おばあちゃん。あたしの靴も洗濯しなきゃ」

「眞子のズックかい？」

「ズックって靴のこと？」

「そうね」

「どうやって洗えばいいのかわかんない」

「そうか、眞子は洗ったことがないのかい」

「うん。だって汚れたら、母さんが新しいのを買ってくれてたんだもん」

すっかりいじけた気持ちになっていた。

今は買ってもらえていない。仕事が忙しいから気づいていないのだろう。なんとなく、ねだることもできない。母さんにはあんまり言えない。小さい子みたいに「ママ〜買ってぇ」なんて。自分はもう夜間保育を卒業した小学二年なんだから。黙っていても気づいてくれるだろう、気づいてほしいのだ。

「買うのかい。まだ立派に見えるがね。穴もあいてないようだし」

「だよね。買ってもらうのは嬉しいけど、もったいないよ。それに新しいやつは靴ずれができて、痛くなるんだよね」

「まあそうだろうね。なんだって初めは痛い目をみるもんだ。そしたら洗うか。どれ、風呂場に持っといで」

かずに言われて、眞子は玄関から靴を指に引っかけて風呂場へ行った。

かずは脱衣所の洗面台の前に肌着姿になって屈《かが》んでいた。

「おばあちゃん、靴を洗うんだよ。お風呂に入るんじゃないんだよ」

「わかってないね、ズックを洗うと必ず身ぐるみ濡れるんだ」

洗剤とタワシ、ブラシを取り出した。ブラシは風呂を洗うときに目地の汚れをかきだす代物だった。

眞子もパンツ一丁になって浴室に立った。

かずは靴にシャワーの湯をかけて、洗剤を吹き付けた。

「おばあちゃん」

「今度はなんだい」

「その洗剤、トイレ用だけど」

「え？」

かずの視線は、ボトルと眞子の間を何度か往復した。

「……もちろん、知っていたとも。トイレ用なら汚れ落ちはバッチリだからさ」

「いいの？」

「いいんです」

タワシでこすっていく。どんどん汚れが浮き上がってきた。

「うわあ、あたしもやりたい」

「ちょっと待て。ばあちゃんが洗ってからだ」

「ずるい、あたしもやる」

眞子はブラシと靴をなかば奪うようにして取ると、こすり始めた。トイレのハーブの香りが広がる。かずは浴室用イスに腰かけて眞子がやるのを眺めている。

靴の縫い目の部分やゴムのエッジの部分は、目地用のブラシでこすった。

「あたしも昔はよく洗ったもんだ。リンゴを売り歩いてたときだよ。食い物を扱うから身なりの清潔さには気を遣ったたっけ。特に靴にぁ、ね。じいさんとふたりで縁側に並んでなあ、手が擦り切れるほど洗ったねえ。この靴で食ってくんだからつって。眞子は『足元を見られる』って言葉知ってるかい」

「ううん」

首を振る。靴を洗うのに夢中で、ほとんど聞いていない。口を尖らせたり、下唇に上唇をおっ被せたりしてブラシを動かしている。

「新しい古いは関係ない。靴はきれいじゃないといけない。靴の縫い糸が切れるまで履き潰したときの達成感と言ったらなかったよ。こんなに頑張ったんだ、という証明だった……」

「手が痛くなっちゃった。もういい？」

眞子は泡だらけの靴をかずに掲げて見せた。かずは夢から醒《さ》めたみたいな顔をした。

「ああ、もういいよ。どれ、シャワーで流してみるか」

泡が流れ落ちる端からきれいな靴が現れる。

「うわあ、きれーになったねえ」

「ほら、眞子もシャワーで手足の泡を流せ」

しゃがんでいたので、パンツまでびしょ濡れだった。

「ちょっと待って。どうせならみんなの靴も洗おうよ」

「手が痛くなったんじゃないのかい」

「もう治った」

いい考えがひらめいたら、手の痛さなんてなくなった。

浩一郎のラケットのような大きなスニーカーと、志摩子の傷のあるパンプスを持ってきた。

両親を感じられる靴だ。かずのは、ゴミ捨て場の掃除に履いていく長靴。

「あたしのも洗ってくれるのかい」

自分の長靴を見たかずはびっくりした。

「任せて」

「嬉しいなあ。ばあちゃんは幸せものだ」

かずが目を細めた。眞子は気負いの鼻息を吐き出した。

かずの長靴に洗剤をスプレーする。

「長靴はきれいだね」

「毎日外で、ざっと水をかけて洗い流しとるからな」

「父さんも母さんもあたしも、そんなことしてないよ」

「そりゃあお前たちはいいんだよ」

「どうして」

返答がなかったので顔を上げると、かずは床を流れる泡を目で追っていた。

「どうして、おばあちゃん」

答えを催促すると、かずは瞬きをして眞子に視線を移した。

「ばあちゃんはゴミ捨て場に行くから汚いんだ」

汚い。

かずが言ったのは、ゴミがつく長靴のことなのに、自分自身のことを貶《おとし》めたようにも聞こえ、ヒヤリとした。

だから、人様の家に入るには、他人の自分はきれいでなければならない。自分は汚い他人だから、家の中をうろつくのは遠慮せねばならない。

「こっからこっちには入ってこないで」という綾乃ちゃんのようなかずの線引き意識を改めて知って、眞子は悲しいような気の毒なような、気持ちにシンシンとしみこんでくるような、なんだかわからない何かを覚えずにいられなかった。

全員分の靴を洗い上げ、泡だらけの眞子はシャワーを浴びた。

靴も自分もピカピカだ。

「靴、乾くかなあ」

「任せなさい」

かずは洗面台にある志摩子のドライヤーを手に取った。コードをほどいてプラグを差し込み、長靴以外の靴を一つずつバスタオルで包んだ。

「おばあちゃんのは包まないの？」

「長靴はすぐ乾くから、いちいちタオルで包まなくてもいいの。眞子、紙袋を持ってきておくれ」

「何の？」

「紙袋ならなんだっていいさ」

眞子は両親の寝室で浩一郎が土産に提げてくる紙袋がたくさん溜まっているのを見つけた。土産はナンだが、紙袋だけでも役に立って、浩一郎をほんのわずか見直した。

かずは包んだ靴をそれに入れて、ドライヤーをオンにした。

「あたしのパンツも一緒に入れていい？」

「どうだろう、どうせなら洗濯してからのほうがいいんでないかい？」

それもそうか、と眞子は納得した。しゃがんだふたりはしばらく、温風がちゃんと当たっているか、はためく紙袋の口を注意して見守った。

「これは外の風に当てよう」

長靴を水が垂れないようにバケツに入れて、かずと眞子は外に持ち出し、、物干竿の両端に引っかけた。

洗面所に戻って乾き具合をチェックする。

「母さんの靴はもう乾きかけてるけど、父さんとあたしのはまだびしょびしょだ」

「志摩子さんのは撥水《はっすい》加工されておったようだ。眞子と浩一郎のは布だから、しばらく時間がかかるね」

「母さんはお風呂から上がると、大急ぎで顔にあれこれ塗りたくるよ。一秒たつごとに、どんどん乾いていくんだって」

「よく見てるなあ」

かずは感心した。気を良くした眞子は付け加えた。

「家の壁を塗ってるおじさんたちみたいに顔にクリームを塗ってる」

「左官屋って言うんだ」

「あのおじさんたち、かっこいいよね」

「ああ、あたしもかっこいいと思うけど、志摩子さんはいい顔をせんだろうね」

言わないほうがいいってことだ。

「手がひりひりするよ」

手をこすり合わせると、かさかさと音がした。

「トイレの洗剤だからね」

頑固汚れもこれ一発というぐらい強力だ。

「そのクリームを塗ったらどうだい？」

かずが指したのは、洗面台にある志摩子が使っているクリームだ。バラの模様が彫られたピンクの入れ物。かずに蓋《ふた》を開けてもらうととてもいい匂いがした。たっぷりと手足に塗った。全身からバラの香りがして、なかなか高貴な人間になったような気がしてくる。

玄関ドアが開く音がした。浩一郎が帰って来たのかと腰を浮かせた眞子の耳に、

「ただいま」

という志摩子の声がした。眞子は目を丸くしてかずを見た。かずが壁の時計を仰ぎ見る。まだ夕方の六時半だった。

「母さん、こんなに早く帰ってきた。しかも『ただいま』って」

眞子は玄関へ出向いた。

「おかえりなさい」

志摩子は仕事が早く終わったから、と言い訳した。眞子だったら学校が早く終わったら小躍りするところだが、母親は仕事ができないことが不満なようで、浮かない顔をしている。

とばっちりを受けたくなくて、眞子はかずの部屋に引っ込もうとした。

「眞子、ちょっと待って」

肩をつかまれた。

「何？」

振り返ると、志摩子は鼻をひくひくさせた。顔が険しくなる。

「眞子、まさか母さんのクリーム使ったんじゃないでしょうね」

眞子は引きつったごまかし笑みを浮かべた。志摩子は脱兎《だっと》のごとく洗面所へ駆けると叫ん

だ。

「ああっ。こんなに使って！　これいくらすると思ってんのぉ！」

眞子は首をすくめる。洗面所からまだがさがさと音がしているので二発目が来ることを覚悟した。

「ああっ。あたしのイオンドライヤーを！　何してくれてんの！　なんで靴に突っ込んでんのよー！」

襖が開いてかずが部屋から出てきた。洗面所に入っていくかずを、眞子はハラハラしながら目で追った。

どうしたね志摩子さん、とのんびりとした声が聞こえてきた。

眞子は抜き足差し足で洗面所へ近づく。そっと壁から顔を覗かせた。

洗面所に座り込んで、バスタオルから靴を取り出している志摩子の後ろ姿があった。

「おやおや、眞子はえらいなあ。みんなの靴を洗ってあげたのかあ。速く乾かしてやりたかったんだなあ」

かずが腰の後ろで手を組んで見下ろしていたが、ふいに振り返り、出入り口から覗いている眞子に眉を上げて見せた。眞子もとっさに笑顔を作ろうとしたが、上手にできなかった。

かずは眞子とすれ違いざま「眞子、えらいなあ。ばあちゃんたまげちゃったよ」と少々わざとらしく褒めて、洗面所から出て行った。

志摩子が振り返った。眞子は言い訳しようとしたが、思いつかず、思い切りしかめっ面をしてしまった。志摩子がため息をついて、ドライヤーのスイッチを切った。

立ち上がったので、眞子はいよいよビビり、後ずさりした。

志摩子はバスタオルに包んだ三足をそのまま洗濯乾燥機に入れた。

「乾燥機を使えばもっと速く乾くわ」

あ、そうか、と眞子は目から鱗《うろこ》だったが、口から出たのは感情のこもらない「ふうん」だった。

乾燥機が低いうなり声を上げて回り始める。

志摩子が、ありがとう、と言った。眞子はちょっと驚いた。志摩子には表情がなく、さらりと「ありがとう」と言ったので、次の瞬間には忘れてしまいそうだった。

「上手に洗えてるじゃない」

褒められて眞子ははにかんだ。

「おばあちゃんから教えてもらった」

そう口にしてからはっとした。さっきかずは、自分は何も知らなかったというような素振《そぶ》りをしていたじゃないか。しまった、口を滑らせてしまった。

顔色をうかがうと、志摩子は眞子の失言の揚げ足を取ることなく「そのクリーム、いいでしょ？」と重石のとれた声で聞いた。

眞子は目をぱちぱちさせた。腕を鼻に近づける。志摩子を上目遣いに見ながら頷いた。

志摩子は、少し口角を上げると同時に肩も上げて深く息を吸い込んだ。

「眞子、お腹空いてない？」

「空いてる！」

何か作ってくれるのだ。

「じゃあ、リビングにおいで」

志摩子は着替えもしないままに眞子の横をすり抜けた。リビングへ消えるまで眞子は見つめていた。

いつも一緒に夕食を摂るかずが気になり、閉まった襖へちらりと視線をやった。ことりとも音はしない。

リビングに眞子が顔を出すと、ソファーには上着が引っかけられており、カバンが置かれていた。母の姿は奥のキッチンにあった。冷蔵庫の前で屈んで、引き出しを漁《あさ》る音を立てている。

また冷凍ご飯だ、と期待は一転して落胆に変わった。

取り出した袋から、石ころでも並べるような音を立てて皿にのせられたのは、霜で真っ白くなった今川焼だった。

「ご飯じゃないの？」

冷凍庫を開けたから、てっきりピラフとかパスタが出てくるものだと思った。

「まだ夕飯には早いでしょ」

「そうだけど……」

「もしかしていつもこの時間に食べてるの？」

眞子は首を振った。母親に夕飯の時間を聞かれたことが、なんだか納得いかない。空腹のせいだろうか、なんだか腹が立ちさえしてくる。

低重音を発しながらこちこちに凍った今川焼をレンジが溶かし、あったためていく。

眞子はそれを見つめて肩で息を吸った。

「おばあちゃんも呼んでくるから、もう一個」

言い置いて、眞子は廊下に出た。かずを呼ぶのは、仲間外れにしたくないという思いよりも、がっかりさせられた母に対する当てつけのほうが大きい。

襖を開ける。

かずはこちらに背を向けて肥後守を研いでいた。

「おばあちゃん」

「はいよ」

こたつの上には新聞紙が拡げられて、鉛筆の削りかすが散っている。尖った鉛筆三本は端に寄せられていた。

眞子は削りかすをつまんでハラハラと落とした。

鉛筆のいい香りが立つ。少しだけ気持ちが落ち着いてきた。

「母さんが『お腹空いた？』だって」

「ほほお」

「いつもは帰ってくるのがずっと遅いのにさ」

「そうだねえ」

眞子はかずの背中を見下ろす。肩甲骨《けんこうこつ》が規則的に出たり引っ込んだりする、すぼめられた背中。

「眞子、座ったらどうだい」

眞子はかずの背中に頷いて、寄りかかると膝を抱えた。

「志摩子さんが早く帰ってくるのは、嬉しかないのかい」

眞子は温かいゆりかごに体をあずけながら、少し土埃のついたつま先をこすり合わせる。上履きは汚れているけど、靴下は毎朝きれいなものを履いている。

眞子は膝に頬を押し付けた。

「嬉しいよ。おばあちゃんのおかげで褒められたし」

「あたしのおかげ？」

「あ、おばあちゃんにもバラしちゃった。あたしひとりの手柄にしようとしてくれてたのに」

はははとかずは朗らかに笑った。背中から声がビンビン響いてくる。

「母さんさあ、いつもあたしのことなんか、どうでもいいのにさ、急にさ、『お母さん』みたいに、おやつあったためてるんだよ」

「そうか」

「なんかね、もやもやしてくるんだよ。嬉しがったら負けのような気がする」

「感情に勝ち負けはないんじゃないのかい？」

眞子は顔を上げて肩越しにかずを振り返った。

「かんじょう？」

「心だな。怒ったり悲しんだり、そんなことだ」

「ふうん」

「もやもやしてるなら、もやもやしてるって思っとけばいいんでないかい？」

「もやもやしてるって思ったからってどうなるの？」

「どうもならんよ」

「どうもならなくてもいいの？」

「どうにかしようとせんでも、別にかまわんだろ」

「放っておくってこと？」

「そうだね。放っとくのが一番だ」

「放《ほ》っておいていいの？」

「いい悪いじゃないさ。放っとくしかないよ。感情に勝ち負けも、いいも悪いもないの」

眞子は肥後守を研ぐ音に合わせてつま先をこすり合わせた。

「あれこれ考えてしまうのは、小さい人も大きい人も関係ないんだなあ」

「おばあちゃんも、あれこれ考えたりするの？」

かずは、肥後守を目の高さに掲げて研ぎ具合をチェックした。

「考えるときもあるね、たまにね」

「そうは見えないけど」

「あたしだって、たまには頭を使うこともあるさ」

眞子はかずの頭を見やった。きゅっと結われた白団子、櫛の筋目から地肌が見えている。前に回って目を合わせると、かずをおやつに誘った。嫌だと断られても何が何でもリビングに引っ張っていこうと決めていた。志摩子にわずかでも反抗したい、楯《たて》ついてみたい。かずを利用することになるけど、そこのところは都合よくうやむやにした。

かずは断らなかった。眞子に手を引かれてリビングへ行く。テーブルに今川焼が三枚の白い皿にのって、三角点の頂点を描いておいてある。

志摩子がキッチンからお茶を運んできた。座ろうとしていた眞子に「手は洗った?」と確認する。

眞子とかずは揃って自分の手を一瞥し、足並み揃えて洗面所へ向かった。

再びリビングにやってきて、眞子とかずは隣同士に座る。

「いつも眞子の面倒を見てくださってありがとうございます」

志摩子がかずに、他人行儀でもお礼を言ったので、眞子は驚いた。

「いやいや。あたしこそ世話になって」

かずが眞子に笑みを向ける。母親の言葉にぽかんとしていた眞子は、慌てて笑みを作った。

それから今川焼を取り上げようと皿に手を伸ばすと、志摩子にすかさず「熱いから気をつけなさいよ」と注意を促された。

眞子はうるさがりながらも、安心もする。

今川焼は、上になっている皮はカリカリで、下になっていたほうはふやけていた。かぶりつこうとしたとき、志摩子が半分に割ったのを見た眞子はいったん、口から離して真似る。

かずはすでにかぶりついていた。

三人はしばらくもくもくと食べる。

お茶を啜る。茶碗がテーブルに置かれる。

「そういえば、学校から何かお知らせとか来てるの？」

眞子は今川焼から顔を上げた。わが母の真意を探りながら、「おばあちゃんに見せてる」と目を逸らした。

早々に食べきってお茶を啜っているかずに、皿に残している半分を差し出した。

「おばあちゃん、これ食べてちょうだい。あたしもう、お腹いっぱいなの」

「よし、ばあちゃんに任せろ」

「お知らせ、おばあちゃんに見せてるもんね？」

参観日のお知らせ、破けたけど見せたことは見せた。

「ああ、あたしがたいがい見とるよ。特に変わったことはないね」

何食わぬ顔で、かずは今川焼を口に放り込んだ。

「宿題とかは？」

「あるよ。おばあちゃんに音読のサインもらってるから大丈夫、ね？」

「任せなさい、ね？」

志摩子はそうですか、と肩透かしを食ったような顔をした。

おばあちゃんとは息がぴったりだ、と眞子はいたく満足だ。一方で、母さんを仲間外れにしているような気がして、すっきりしない。

かと言って参観日のことを言うわけにもいかない。もう、かずに来てくれるよう頼んだのだから。それに、言ったらまた母さんをイラつかせるかもしれないし、それであたしはがっかりする。

かずを見上げる。

おばあちゃんは違う。

来てくれる。

かずは眞子の心中をわかっているのかいないのか、歯に付く粒あんを舌で必死にとろうとして、ヤギが咀嚼しているような顔みたいだ。

朝から、雨がしとしとと降っている。嫌な雨だなあ。眞子は鬱屈《うっくつ》した気持ちになっていた。降るなら、天井が抜けるくらいどおっと降ってくれりゃあいいのに。

入梅のその日、翌日の参観日に向けてのリハーサルがあった。答えられる問題には右手を上げて、わからない問題には左手を上げる。先生は右手を上げた子だけを指す。こうすれば全員が手を上げられる。

これまで、眞子は毎回このリハーサルには不参加だった。何を質問されても手を上げなかった。けれど今回は別だ。眞子は積極的に上げた、左手ばかりだが。眞子の手が一番伸びていた。

「田中さんてば左手ばっかり上げるのね」

授業中、綾乃ちゃんが周りに聞こえるか聞こえないかの声で非難した。

「いいじゃん、わからなかったら左を上げていいって、先生がゆってるんだから」

「全部に左手を上げていいなんて言ってないわ」

自分だって左手を上げることがあるじゃないか。眞子は綾乃ちゃんを眺めながら、頭をかたむけ首筋を掻いた。その態度が気に食わなかったのか、綾乃ちゃんの目がつり上がった。

何かを言おうと口を開きかけたとき、「ほらそこ」と先生の注意が飛んだ。

「おしゃべりしないで。参観日もそんなことしてたら、おうちの人ががっかりしますよ」

みんながくすくす笑う。綾乃ちゃんが「だって」と言い訳しようとしたが、先生はさっさと授業に戻った。

眞子は窓を流れる雨に向かって、顔をしかめた。


参観日当日。五時間目が始まろうという頃になると、開け放った後ろの入り口から保護者が続々と入ってきた。化粧品や香水のにおいが充満する。あらーまた同じクラスですね、担任の先生も同じですよ、そのバッグ素敵ねえ、やだ通販通販、あの奥さん若いわね、ああ見えて……。賑々《にぎにぎ》しい。

児童らはそわそわし、眞子もやはり落ち着きなく後ろを気にしていた。

おばあちゃん来るかな。おばあちゃん来てよ。スーパーのセールは今日だけは勘弁してよ、時代劇はまた再放送があるんだからね。

祈り続ける。

保護者がおしゃべりを止め、前方に注目した。眞子ははっとして顔を戻した。

眞子の肩が下がる。

かずが前から入ってきてしまったのだと思った——。が、先生だった。

授業開始のチャイムが鳴り響いた。

日直の号令で礼をし、席について先生が国語の教科書を開いた。

眞子は、去年の参観日を思いだした。そして、手紙の返事が来なかった初日のあのがっかりした感じと同じ気持ちになった。唇《くちびる》をきつく結んでうつむいた。先生が質問を投げかけていく。いっせいに手が上がる。眞子の手は根が生えたように、腿《もも》にくっついてしまっている。

「はいはい、案内してもらって申し訳ありませんねえ」

廊下に、場を読まない溌剌《はつらつ》としたしゃがれ声が響いた。クラス中がざわざわする。先生が眉を寄せて教科書から顔を上げた。眞子だけが顔を輝かせ振り向いた。戸のガラス越しにかずの姿を見たとき、眞子は嬉しさのあまり立ち上がっていた。

おばあちゃんだ。おばあちゃん来た。おばあちゃん来てくれたんだ。

戸の外で、左右の眉をなでて整えた我が曾祖母は、戸をゆっくり滑らせた。

教室に入ってきたかずは、眞子が自分を見ていることに気づいて「ほうい、来たよう」と高らかに呼びかけ手を振った。何人かが声を殺して笑った。

一張羅《いっちょうら》のベージュ色のスラックスをはいて、オフホワイトのブラウスに薄紫のサマーカーディガンを身に着け、首にスカーフを巻き……。

かずの首許《もと》に気づいた女子が悲鳴を上げた。綾乃ちゃんに至ってはイスから落ちた。

「スカーフを探しとったら存外に時間を食ってしまってな。なにしろ晴れの舞台だから、あたしもちゃんとした格好をせんと、と気張ったんだわ。けれど見つからんでなあ」

その見つからないスカーフの代わりに、かずが首に巻いているのは。

「蛇は縁起がいいというし、しょうがないからって、こいつを巻いてきたの。どうだい」

浩一郎が買ってきたハブの抜け殻を巻いたかずは、自慢気に小鼻をうごめかせた。

わーーっと盛り上がったのは男子だ。かずは児童に取り囲まれた。見せて見せてとせがまれる。かずは、あとで見せてやる、と満更《まんざら》でもない顔で受け答えし、母親たちが我が子を宥《なだ》め、席へ戻るよう言い聞かせ、先生は教壇から降りてきて両手に子どもたちの手を取って席へ連れていく……。

「あれ、君のおばあちゃんなんだ」

委員長があっけにとられた顔でかずを見つめている。かずはそばにいた誰かの母親に、満面の笑みで「あれ、あたしの孫なんです」と眞子を指し教えていた。

男子は振り返って「いいなー」「ぼくも欲しい」とうらやましがり、女子は頑として振り返らないよう努めている。

眞子は胸を反らせた。

「そうだよ、あれ、うちのおばあちゃん」

授業中、かずは熱心に黒板を見ていた。集中しすぎて席の間をじりじりと進み出てきてしまい、教室の真ん中に位置する眞子の席の後ろまで来たときには先生から「あ、あの田中さん、後ろでごゆっくりご覧くだされば助かります」とやんわりと釘を刺された。それでなくても参観日で浮足立っているところに、みんなが授業そっちのけでかずに気を取られているので、先生はちょっとハラハラしながら授業を進めていた。

かずは注意されればいったんは戻るものの、しばらくするとまたぞろ出てくる。三度目に出てきたときにはもう、先生は注意することを放棄した。

「はい、では次の部分は誰に読んでもらおうかな」

みんなが手を上げた。眞子は初めて右手を上げた。見渡していた先生が眞子に気がついて「おや」という顔になった。

「じゃ、田中さん」

「はい」

眞子はよい返事をして立ち上がると、教科書を目の高さにまっすぐに掲げて、大きく息を吸い込み、ページを開いた。

固まった。

かずが耳の後ろではっと息をのんだ。

「こらあ、眞子！」

いきなりの怒号に、全員が緊張し、綾乃ちゃんはまたイスから落ちた。眞子はかずに教科書をひったくられた。

「なんだいこれは！」

かずは教科書を掲げた。みんなによく見えるように。

見開き二ページにわたって鉛筆で「左手ばか」と書かれてある。

「大事な大事な文字を使って、『ばか』なんて書くのは正真正銘のばかじゃあないかい！」

「おばあちゃん、違う、あたしじゃ……」

かずはしわしわのまぶたの奥の目で目配せした。眞子は口をつぐんだ。

隣で綾乃ちゃんが顔をうつむけじっとしている。

「ほら眞子、ごめんしなさい。字に謝りなさい！」

かずの迫力は本気だった。文字を悪いことに使うのが許せないのだ。

「ご、ごめんなさい」

『ばか』に向かって頭を下げた。先生もみんなも肝《きも》を潰している。

「消しなさい」

眞子は消しゴムで消し、かずは「ばか」の「か」が消えるまで、むんっとした顔で腕組みをして見張っていた。

授業が再開されたものの、左手を上げるつもりであった子たちが動転して右手に替えたために、先生は混乱し、やけっぱちで当てた子が答えられずに親共々赤っ恥をかいた。

その当てられた子は綾乃ちゃんだった。

綾乃ちゃんは真っ赤になって「ごめんなさい、途中でわからなくなりました」と言い訳した。あちこちからため息が上がる。

先生が「そういうこともあるわ。大丈夫よ、座ってください」とフォローし、綾乃ちゃんは腰かけようとしたが、何を思ったか立ち直り、かずに鋭い視線を向けた。

「おばあさんはゴミ置き場を掃除する人でしょ」

よく通る声は震えていた。失態を引きずっているのかそれとも、武者震いなのか。

友達同士顔を見合わせる。保護者が小声で話し始める。教室がまたざわつきだした。先生が焦りを押し殺して手を打ち鳴らした。

「みんなちゃんと前を向いて。授業にちゅうちゅうしま……」

言い間違えたことに対して子どもは耳ざとかった。

「ちゅーちゅーだって。ちゅーちゅー」

大声で囃《はや》し立てゲラゲラ笑う。立ち上がる子、歩き出す子、訳もなく近くの子の頭をひっぱたく子。この事態を引き起こしたのはすべて先生だと決めつけた面持ちで、非難がましい目で見ながらひそひそと話す保護者。先生は顔を真っ赤にさせてわなわなと震える。

「だまらっしゃい！」

いきなり怒鳴ったのはかずだった。眞子の左耳がキーンとした。

子どもは目を丸くして固まり、おとなは私語をやめた。教室の空気が引き締まる。

真ん中にいるかずは、みんなの注目を集めやすかった。

「先生が教えている最中だろう。そんなに騒ぐもんじゃない」

綾乃ちゃんは咳払いをして仕切り直した。

「おばあさん、毎朝ゴミ捨て場の掃除をしてるでしょう？　ママが褒めてたよ」

どこから目線で、何を言い出す気だろう、と眞子は警戒した。

彼女は——眞子が思うに——ふてぶてしい笑みを浮かべて眞子を視界に据えた。いや、射程に収めたといったほうがしっくりくる。

「ゴミ捨ての日を聞いたんだってね。ちゃんと回覧板で知らせてることも町内会の集まりのときに必ず聞くって。四月の集会で書記を頼んだら、自分は字が汚いからって断ったけど、配ったプリントは上下反対に見ていたんだって。本当はあの人」

顔を紅潮させた綾乃ちゃんは、ほとばしる興奮のせいか、飛び跳ねてまで言い放った。

「読み書きができないんじゃないのって！」

眞子の胸がドクンと鳴った。心臓が落っこちたほどの衝撃だった。

教室が、しん、と鎮まった。子どもたちはぽかんとし、保護者は投下された爆弾になすすべもない。

綾乃ちゃんは、静まり返ったみんなの反応に戸惑って周りを見まわした。

眞子は綾乃ちゃんから目が離せない。

かずは――。

眞子の左半身がちりちりする。

かずのほうを、眞子は振り向けなかった。

教室中の視線が眞子を通り過ぎ、かずに集まる。かずに向かって目が動いた音が聞こえてきそうだった。

おばあちゃんを助けなきゃ。おばあちゃんを守らなきゃ。焦りは増していくのに、どうすればいいのか思いつかない。頭が働かない。

えへん、とかずが咳払いをした。

「でしゃばって悪かったね。ええ、お嬢ちゃんが言うように」

そばにいる眞子にはかずの声が震えているのがわかった。何度も咳《せき》払いをして声を作ろうとしている。

「あたしは文字が書けん、読むのもさっぱりさね」

団子ののった頭をかいた。「かけると言ったらせいぜい、頭をかくとか、鼾《いびき》をかくぐらいしかできん」

誰も笑わない。もう一度咳払いをして、肩を上下させた。

「だが、こんなあたしでも、せっかくの文字を使ってこんな言葉を書いてはいけないということぐらいは、わかるんだよ」

穏やかなかずの声は、教室に静かに降りた。


面談の順番を廊下のイスで待つ間、眞子は「どうして、あたしが書いた落書きじゃないってわかったの？」と聞いた。

「あの『か』はたなかの『か』だ。眞子はそんなことせんよ」

かずは教室の戸を見つめて言い切った。その顎に力が込められている。

眞子は不意に泣きたくなった。おばあちゃんは疑ったりしないのだ。

視線を下げると、蛇のスカーフが目に入った。

「縁起がいい蛇と一緒だったのに、とんだことになっちゃったね」

「なんでもないさ」

かずはあっけらかんと答えてみせたものの、蛇をといてスラックスのポケットにねじ込んだのだった。

面談は窓際に並ぶ机を向かい合わせにした席で行われた。眞子はかずの隣に座っていた。

「申し訳ございませんでした」

先生が頭を下げた。

「いえいえ、あたしのほうこそ、騒がせてしまいまして」

かずも下げる。

先生は眞子の面談の前にも、ほかの保護者に何度も同じように謝ったのだろう、頭の下げ方はこなれていて踏切の遮断機にしか見えなかった。しかし、かずに対しては一番丁寧なんじゃないかな、と眞子は見積もった。

先生は仕切り直すように資料を引き寄せた。

「おうちでの様子はいかがでしょうか」

よくぞ聞いてくれました、とかずは身を乗り出した。

「大きな声で本を読んでくれます」

先生の目が丸くなる。眞子をちらりと見る。眞子は背筋を伸ばして顎を上げた。ほうらみろ、あのサインはれっきとした証拠なのだ。遠山の金さんなのだ。

「あんまり上手に読むものだから、サインも三つも四つもしてやりたくなります」

「ひとつで結構でございます」

「それからご飯を食べるのは速いし、寝るのもあっという間」

眞子はかずの袖を引いた。「おばあちゃん、それって褒められたこと？」

「昔から『早寝早飯芸のうち』っちゅーんだ。ねえ？　先生」

先生の目が泳いだ。

「ところで、ご両親は……」

「ああ、この子の両親は忙しくてねえ。なかなか構ってやれないんですよ。まあ、でもあたしがおりますからね」

自信満々に請け合われ、提出物などの話もあっただろうが、先生はそれ以上つっこまずに話を切り替えた。

「あのぉそれで、眞子ちゃんからお聞き及びかもしれませんが」

ちらりと先生は眞子を見た。口を挟《はさ》むな、という牽制に見えた。

「この間、お友達とちょっとした諍《いさか》いがありまして」

かずは先生を真っ直ぐ見ていた。

先生もかずの反応をじっと待っている。ショックで倒れたらどうしよう、この老人、血圧は大丈夫かしら、などの心配がよぎったのか瞳が不安定に震えた。

突然、かずの拍手と笑い声が教室に響いた。先生がギョッとして腰を浮かせた。血圧を上げたのは先生のほうだったらしい。

「ほっほっほ。元気があってよろしい」

「げ、元気があってとかそういう……」

「ケンカのひとつも知らんでおとなになっちゃ困りますよ。そうでしょう先生。『喧嘩《けんか》上等』ってことわざにもありますし、『火事と喧嘩は江戸の華《はな》』って言いもするでしょう」

そういうことわざを初めて耳にした眞子は、おばあちゃんすごい、と舌を巻いた。

眞子は、おばあちゃんのすごさにすっかり呑まれて目がテンになっている先生に向かって、得意げに片眉を上げてみせ、次いで、頼もしい猫背の老人を見上げた。いや、今は猫背がピンと伸びていた。

——おばあちゃんが言ってた、いい思い出もヤな思い出もあるって。参観日にいい思い出なんかない、と思ってたけど。

眞子は頰を緩めた。

——いい思い出もできた。

玄関へ向かう保護者と児童の群れにかずと眞子も混じる。今日ばかりは自分もこの集団に馴染《なじ》んでいると思うと、眞子はスキップせずにいられない。

「ごめんなあ、眞子」

後ろをついてくるかずが謝った。

眞子は振り返って首をかしげる。

「あたしが字ぃを知らんで、恥をかかせてしまったな」

「悪いことしたんじゃないんだから謝ることなんかないよ」

「でもねえ。悪い気がするときがあるんだ。『あたしは字を知らなくてもまっとうに生きてきた、何を縮こまっていなくちゃならないんだ』って開き直ることもあれば『やっぱり字ぐらい知らんと世間様に申し訳が立たないじゃないか』と落ちこむこともある。その思いは交互にやってくるんだ」

「そんなこと、ずっと繰り返してきたの？」

「ん」

眞子はかずのそばに寄り、手をとるとじっと見つめた。かずの皮膚は、使い古された雑巾《ぞうきん》みたいにくたくたでしわしわだった。

後ろめたさがゴミ集積所の掃除をさせているのだろうか。自分の中に凝《こ》り固まって居座る劣等感を除《の》けようとして――眞子にはそこまで掘り下げることはできなかったが、感覚としてかずの心情をそう捉えた。

「眞子は……」

かずが言い淀《よど》んだ。眞子は手を揺らした。

それに勇気を得てか、「気がついとったんじゃないのかい？」と思い切ったように尋ねた。

眞子は首をかすかに傾げた。かずを真っ直ぐに見つめたまま。

「字を知らないばあちゃんは嫌いかい？」

眉が折れ曲がる。

あたしだって、知らない漢字はたくさんある。そんなことで嫌われたんじゃかなわない。

眞子は眉を開き、眩《まぶ》しそうに笑った。

「大好きだよ」

かずは大きく息を吐き、やっと破顔した。

かずが、何かに気づいて顔を上げた。眞子がかずの視線の先を追うと、昇降口の外に、綾乃ちゃん母娘《おやこ》が立って、こっちを見つめていた。母親は白いジャケットに薄ピンクのひだがたくさんあるフレアスカートを身に着けていた。顔は綾乃ちゃんにそっくりだが、佇まいは娘より控えめで、そして、隙がない。

眞子はふたりを見つめ、眉尻を上げた。かずの手をギュッと握る。

別にケンカを吹っかけようというわけではない。ただ、相手の出方次第では受けて立とうと意気込んで、靴脱ぎ用のすのこを高らかに鳴らし、昇降口を出た。

綾乃ちゃんと目を合わせた。彼女はすぐに逸らした。

母親は眩しそうな顔をして、両手でバッグを持ったまま近づいてきた。

かずが足を止めたので、眞子も立ち止まる。

母親が深々と頭を下げた。眞子は意表を突かれて、闘志がぱっと散ってしまった。

「うちの子と眞子ちゃんがケンカになってしまったこと、すみませんでした」

おっとりとした口調だった。肩にかかりそうな明るい色の髪の毛がふわふわ揺れる。

「ああ……。いやなに、ケンカは両成敗。何もお宅さんが謝ることないですよ」

かずは顔の前で手を振った。

「先日、眞子ちゃんのお母さんから電話をいただきまして、謝られました」

眞子はびっくりした。母さんが……？

早く帰って来た日の志摩子を思い出した。あの日、学校生活を気にかけていたっけ。

「その後すぐに先生からも電話があって。私何も知らなくて。この子も何にも言ってなかったんです。それでよくよく聞いたら、どうもうちの子が悪かったようです。謝罪が遅れまして、重ね重ね申し訳ございません」

「あ、いや。気になさらないでください。それにしても、どうやって志摩子さんは知ったんだろう」

「先生が携帯のほうにご連絡された、ということでした」

「そういえば、先生から電話があって番号を教えたっけねえ……」

眞子がみんなの前で謝って、学校を飛び出した日の電話だ。

綾乃ちゃんの母親は眞子に向かってごめんなさいね、としゅんとした顔で静かに謝った。それから隣で仏頂面《ぶっちょうづら》を決め、そっぽを向いている娘にも謝るように促した。が、綾乃ちゃんは眞子に一瞥をくれただけだった。

かずが綾乃ちゃんに手を伸ばした。綾乃ちゃんが首をすくめる。かずの手は綾乃ちゃんの頭にのった。さわさわとなでる。

「ケンカするほど仲がいいって言うからね」

おばあちゃん、それは女子には当てはまらないよ、と思ったけど、綾乃ちゃんの仏頂面が少しずつほぐれていくのを見て、ケンカするほど仲がいいということも、まれにあるのかなと考え直した。

かずが手を離したとき、綾乃ちゃんは足元を見つめ、肩を落としていた。

「それから、あの、授業中にこの子が大変失礼なことを申し上げまして、本当に申し訳ございませんでした」

再び頭を下げる。彼女の額が眞子の前に位置した。前髪の間からのぞいた上目遣いの目を見た眞子は、すっと胸が冷えた。

本当にこの母娘はそっくりだ、と思った。

「帰ろうか」

かずが、綾乃ちゃんの母親を見つめている眞子の肩に手を置いた。

眞子は綾乃ちゃんの母親に目を据えたまま頷く。

それから、俯《うつむ》いている綾乃ちゃんを見た。

「さようなら」

一応、挨拶した。顔を上げた母親がほら、と挨拶を返すよう綾乃ちゃんの肩をたたくが、綾乃ちゃんは返事をしない。まただんだん口が尖ってくる。母親が代わりに「さようなら」と言った。

眞子とかずは校門を出た。

あのお母さん、自分が言ったことを丸ごと綾乃ちゃんのせいにしたよ、と眞子は渋面をした。かずはまっすぐ前を見て黙ったままだ。

駆けて来る足音がして、ランドセルをバシンとたたかれた。

眞子はびっくりしてつんのめり、振り返った。

「綾乃ちゃん……」

「さようなら！」

真っ赤な顔で三白眼をした綾乃ちゃんは、そう怒鳴るときびすを返し、こっちを見ている母親の元へ駆けて行った。

かずが空を向いて笑った。何がそんなにおかしいのか眞子にはてんでわからなかったが、とりあえず理解したのは、ケンカするほど仲がいいっていうのは、やっぱり女子には当てはまらないということだった。

歩きながらかずが「ところで」と言った。

「ところで、『ばか』の前にはありゃなんと書いてあったんだ？」

「左手、だよ」

「左手？」

かずは自分の左手をしげしげと見て意味を探ろうとした。

「わかんないね」

「そうなんだよ、わからない人が左手を上げるんだよ」

かずはやはり首を傾げた。眞子はそれ以上説明する気はない。

「しかし眞子は右手を上げていたっけね」

「わかったからね」

「そうかい。わかったかい」

かずはにこりと笑って左手を眞子の頭にのせようとして、右手に替えた。

「あたしも自分の名前を『たなか　かず』と書くのだとわかったときには、右手どころか両手を上げたい気持ちだったたね」

「お手上げってこと？」

「バンザイってことだ」


商店街を抜けたところにある文房具屋の隣は食堂だ。店先に植木鉢がたくさん置かれていて、その隙間に木の車輪をバックにした信楽《しがらき》焼の狸《たぬき》が窮屈そうにいる。狸は眞子より背が高い。

流れてくるだしの香りを嗅《か》いだ眞子は空腹を感じて、足を止め、入ってみようと誘った。

「家が目と鼻の先じゃないかい。家でどん兵衛が待ってるよ」

「どん兵衛は別に待ってやしないよ。たまにはお店で食べるのもいいじゃん」

眞子はかずの手を引っ張って入り口の前までやってきた。引き戸の前で足を止めたかずは、一瞬ためらいの表情を見せたが、気持ちを奮い立たせるように深呼吸すると、「たのもぉ」と叫んでもおかしくないほどの意気込みで「ごめんください」と言いながら、木枠の格子戸を引いた。

店内は濃いだしの香りで満たされていた。カウンター席が十、テーブル席が四。三時前という時間帯のせいか、お客さんはいなかった。厨房《ちゅうぼう》の方で湯気が上がっているのが見える。眞子は、こういうこぢんまりした食堂に入るのは初めてだ。

「いらっしゃいませ」

ほほえみを浮かべた白い狸が出迎えた。反射的に眞子はかずにしがみついたが、それは割《かっ》烹着《ぽうぎ》姿のおばさんだった。

ふたりが席に着くと、おばさんは水とおしぼり、メニューを置いて立ち去った。ふたりはそれぞれメニューを開き、眞子は「う」と怖気《おじけ》づいた。写真がない。筆文字で「うどん」とか「つきみ」などと書かれてあるきり。ひらがなは読めるが、漢字はほとんどがお手上げだ。写真がないとむずかしい、と眞子は眉を寄せた。

流れで、メニューを開いてみたかずだったが、老眼鏡は胸ポケットにコサージュのように収まったままだ。

「これはなんだね？」

かずがメニューのひとつ「天ぷら蕎麦《そば》」を指して小声で眞子に尋ねる。

「天ぷら……なんとか麦」

「蕎」が何かわからない。

「麦っていうぐらいだから、パンかな」

「ほほお、眞子は物知りだな。確かにパンは麦から作られてる」

　かずは感心した。「やはり学校に通っているだけはある。パンの天ぷらなら、前に眞子からもらったあげパンがまさにそれだね。こっちはなんだい？」

「なんとか『の　たたき』なんとか」

「鮪《まぐろ》」と「丼」が読めない。

「たたいとるのかい」

「間違いなくたたいてるね。たたいてるのを隠してないもん」

「むしろ、誇らしげに書いとる、ということか。全力でたたいた、ということだね」

かずは、ここはなかなか好ましい店だよ、と褒め、それから目を閉じて、天井を仰いだ。

「なんだろうなあ、たたく料理とは。肉だろうか。ほら、ステーキみたいな肉をよくたたいているじゃないか、テレビで見たことがあるわ」

眞子も真似をして顔を仰向けさせ、薄く目を閉じた。かずが顎を触れば眞子も同じようにした。

かずは考えるのに疲れたらしく頭を戻すと、目を開けた。

「ま、わからないときは『おすすめ』を頼めばたいてい事足りるもんだ」

おばさんに向けて右手を上げた。カウンターの端でコップを拭いていたおばさんがすぐにやってきた。

「お決まりでしょうか？」

愛想のいい気持ちのこもった声で尋ねる。かずは咳払いをした。

「えー、こちらのおすすめはなんでしょうか？」

余所行きの声だ。

おばさんはかずからメニューを受け取りながら「日本そばです」と心持ち目を細め、胸、というか腹を突き出した。聞かれたい質問だったようだ。

「それじゃあそれをお願いしようか。眞子は何にする？」

「あたしはこの、たたきまくってるやつ」

「かしこまりました」

注文をし終わると、かずはため息をついた。

「ふー、やれやれ。なんとか注文できた」

おしぼりをほぐし、手を拭いたのち、顔面を拭う。眞子もおしぼりを開いた。かずは顔面から首筋までをこすっていく。それからテーブルのしょうゆ差しを手に取り、その拍子に手を滑らせて倒し、慌てておしぼりで拭き、水を一気に飲み干して咽た。

「おばあちゃん、ちょっとは落ち着きなよ」

眞子はかずの後ろに回って背中をたたいた。ひょっとして、さっきの「たたき」は「おばあちゃんのたたき」なのかもしれない。おばあちゃんというものは物を口に入れたが最後、咽ることから逃れられない。咽ずにおれない料理。啜る系か液体系だろうか？

かずが落ち着いたので眞子はテーブルを回って席に戻った。ふたりは改めて店内を見回す。壁に、額に収められた電車の風景写真がいくつかかけられてあり、かずは懐かしそうに目を細めて眺めていた。

この店の名前は「ていしゃば」なのだが、看板には「ばやしいて」と書かれている。料理を運んできたおばさんにそのわけを尋ねると、おばさんはころころと笑った。

「昔は右から書いたものなのよ」

おばさんは眞子に言ってからかずに向き直った。

「和食の雰囲気を出すために右からにしようかって主人と決めたんです」

あっと気がついた眞子は、目を輝かせてかずを見た。

「おばあちゃんのサインも右からだったね」

かずは間違っていなかったのだ。

かずは割り箸で宙に文字を書いて、初めて気がついたような顔をした。

「ああ、本当だ。右から左に向かってる」

眞子に運ばれてきたものを見て、ふたりは「まぐろのたたきどんだったのか」と声をそろえた。啜る系でも液体系でもなかった。

「つかー、してやられた。そうかい、鮪のたたきだ」

かずは額をたたいた。

「たたいてるねこりゃ」

ワカメの味噌汁とたくあんがついていた。

眞子は立ち上がって丼全体を見渡した。ご飯が見えないほど盛られた鮪の真ん中に卵黄が落としてあり、白と緑のねぎが散らしてある。たたきの下からは針のような刻み海苔《のり》がはみ出ていた。

「絶景かな絶景かな」

時代劇の台詞《せりふ》を唱える。

かずが頼んだそばは、真ん中にネギがこんもりと盛られ、海苔とナルトが浮かび、天かすが覆っていた。ビーズのような油がキラキラ漂っている。

「こっちもよい景色じゃぞ」

丸くて真っ黒なおにぎりと、たくあんがついていた。

「いただきます」

眞子は小皿のしょうゆを回しかけて、箸をスコップのように寝かせるとたっぷりすくった。艶々《つやつや》した新鮮な鮪を大きく頬張った。

「おいしい！　普通においしいよ」

「ばあちゃんは『普通においしい』というのは好かん」

かずは言い方を諌めた。

「それなりにおいしい」

かずはくしゃみが出そうな顔をした。

「……余計なことは付け加えないで、『おいしい』でいいじゃないの」

そばを啜りこんだかずは一発咽た後で、静かに瞠目《どうもく》した。

つゆに浸されている長方形の海苔はくたくたになっているが、散り散りになることなくちゃんと一枚の形を保っている。瑞々《みずみず》しいネギの香りはさわやかだ。どちらも頼もしい脇役。

そばの湯気が、眞子にも届く。鼻から全身にしみわたっていく。湯気にまで味があった。

「おいしい？」

眞子がそばを覗き込む。

「ああ、おいしいよ。眞子も食べてごらん」

「ありがとう。それじゃあ、おばあちゃんも食べてごらん」

ふたりは丼を交換して食べた。

「ふたりだと、ふたつ食べられるからお得だね」

「そうだね。……ああ、おいしいもんだ、たたきどんは」

「おばあちゃんがたたき丼って言うと、『はちべえどん』みたいに聞こえる」

「誰だい」

おにぎりも半分こした。具は鮭《さけ》だ。塩加減と甘さがいい塩梅で、焼き加減は絶妙。ピンクの脂が、ご飯も桜色に染めていた。海苔の香りと混じると得も言われぬ幸せを感じる。

水のおかわりを注いでくれたおばさんに、眞子はメニューの「蕎麦」を指した。

「これはなんですか？」

覗きこんだおばさんが「そ・ばって読むんですよ」と教えてくれた。

「おばあちゃん、そ・ば、だって」

眞子は身を低くしてテーブルに乗り出し、ささやいた。かずも同じようにして声を潜《ひそ》め、そばを持ち上げた。

「これだね」

「そばって麦だったんだね」

「いや、そばの実だね。それをすり潰したものがそばの粉だよ」

「じゃあ麦じゃないじゃん」

どういうこと、と眞子は口を尖らせた。

「字を作った人にも事情があるんだろう」

「じじょうかあ……」

眞子は、かずが手紙の返事をくれないことに、「忙しいんだろうな」と事情を斟酌《しんしゃく》できたのを省みて、誇らしくなった。

「おばあちゃんは心が広い」

「そうかい。まあ人によっちゃ『テキトー』と言うがね」

「それって褒められてるの？」

「あたしに関して言えば、いい意味で言われたんじゃないね」

「思い出にはいいのも悪いのもあるっていうのと同じってことだね」

「そうだね。それにしてもいいなあ、子どもは。質問ができて」

「おばあちゃんも質問したらいいじゃん」

そばを啜りこんだかずが咽た。口を拭って息を整えながら、歳を取ったらそばだのラーメンはアレだよ、よほど気をつけんと、とぼやいた。

眞子がじっと見ているのを気にして、かずは首をすくめた。

「バカにされちまうよ」

されないよ、と否定してあげたかったが、やっぱりおとなが字を聞いたら、バカにする人がいるかもしれない、と考え直した。


夜の八時過ぎ頃に帰宅した志摩子に、眞子は張り切って「今日、参観日だったんだよ」と告げた。かずが来てくれたので、気持ちに余裕がある。

志摩子はさほど驚かなかった。眉一つ動かさない志摩子に、眞子は拍子抜けした。

「手を上げたじゃないの、眞子」

志摩子は口の端を持ち上げた。

眞子の顔がぽかんとしていく。

「え？」

母親は眞子の開いた下顎を押し上げた。

「ちゃんと手ぇ上げてたじゃないの。左手を上げてた子もいたけど、あれは何？」

眞子は呆気《あつけ》にとられた。

「それからかずさん」

志摩子が眞子の背後に視線を向けた。眞子が振り返るといつの間にか、かずが立っていた。

「参観日に出席してくださって、ありがとうございます。それにしても、ハブの抜け殻を巻いてったのは、なかなかのものでしたね」

かずは得意げに眉を上げた。

眞子の口が逆三角形に開いていき、目元もほぐれていく。

あまり笑わない志摩子がぎこちない表情を見せた。

「あ〜、疲れた。会社抜け出すのも楽じゃないんだから」

ぼやきながら寝室へ入っていく母を、眞子は目で追った。パタンとドアが閉まると、眞子はささやいた。

「おばあちゃん、母さん来てたんだね」

顔を輝かせて胸の前にこぶしを握る。

「そうだね」

かずは難しい字を読めたみたいな晴れやかな顔をした。

おばあちゃんが参観日を母さんに教えたの？

確かめたかったが、それは大事なことなので今は聞かないことにした。大事なことを伝える手紙という道具が、自分にはあるのだから。

その後、眞子がリビングでテレビを見、志摩子がキッチンで洗い物をしていると、出張土産とコンビニの弁当を提げて浩一郎が帰ってきた。眞子は勇んで「今日参観日だったんだよ」と報告した。

「おばあちゃんと、母さんが来てくれたんだ」

眞子の心情としては、「母さん」の前に「なんとっ」とつけたいくらいだった。そして、もっと家族がいれば何度も言えるのに、と興奮していた。

「へえ、いいなあ。ふたりも来たのか。眞子は幸せ者だなあ」

調子を合わせて喜んだ浩一郎はいかにも小さな子をあやしているといった感じだったが、眞子は気にならなかった。欠伸をした浩一郎はそのまま寝室に行こうとして、手に持った紙袋に気づき、「現地の人が編んでたんだ」と眞子に渡した。中には模様のコンセプトがよくわからない毛糸の帽子が入っていた。

眞子はこういう土産はもういらない、と断りたかった。でも何と言って断ったらいいんだろう。困っていると、たまたま部屋から出てきたかずが、眞子の手に握られている帽子に気づいた。

「なかなか凝った帽子じゃないかい」

「だったらおばあちゃんにあげる」

差し出すと、浩一郎が、

「え〜、せっかく眞子に買ってきてあげたのにぃ」

とがっかりした。

「ばあさんにその柄はどうよ」

「あら、かずさんに似合いそうよ。眞子にはちょっとアレよ」

志摩子が口を挟む。

「アレって？」

「つまりなんて言うのかしら、ええと、わかるでしょ……」

鈍い浩一郎に、志摩子は体《てい》のいい言葉を考えあぐねて、結局「かずさんのほうが似合うと思うの」と押し切った。

「どうだい、悪くないだろ」

かずは帽子を被って悦に入った。志摩子と眞子が「あー、似合います」「ぴったりー、おばあちゃんいけてるー」と盛り上がると、浩一郎もその気になってきて手柄顔になった。

眞子はその夜、手紙を書いた。

『しんあいなる　おばあちゃんへ
きょうはさんかんびにきてくれて、ありがとう』

来てくれないんじゃないかと、途中までひやひやしていたことは書かないでおく。

『かあさんがきてくれたのには　びっくりしたよ。もしかしておばあちゃんがおしえたの？
それから、おそばも、まぐろのたたきどんもおいしかったね。
まこ』

翌日、登校した眞子に綾乃ちゃんは近づいてこなかった。下の名前で呼ぶ子としゃべっている。

クラスの雰囲気は昨日と同じようだった。走り回ったり席で話をしたりして賑やかだ。

「田中んちのばあさん、すげーな。蛇巻いてくるなんて」

「眞子ちゃんのおばあちゃん、面白い人だね」

何人かのクラスメイトが声をかけてくる。蛇の衝撃のほうが大きかったのだろう、誰も、字を知らないことには触れなかった。もし、そのことで、からかってきたりなんかしたら、戦う準備をしていた眞子はホッとしたし、肩透かしを食ったような気持ちにもなった。

眞子が席に着くと、クラス委員長が「おはよう」と挨拶してきた。おはようと返しながら、淡々とランドセルから教科書などを机に移していく。

「きみのおばあさん、すごいね」

委員長は分厚いメガネをくいっと上げて、邪気のない目を輝かせている。

「昨日かっこよかったよ」

眞子は委員長の顔をまじまじと見た。

「何がかっこいいの」

「わかんないけど、かっこいいよ」

男子は変なものをありがたがる。病気とかケガとか。骨折なんかしようものなら英雄だ。

でもなんだかわかんなくても、褒められたらしいことはわかる。

「あっそう」

眞子はプイッと顔を背け、そっけなく返したが、鼻の穴が膨らむのは抑えられなかった。

家の机の上に昨日の返事はなかったが、眞子は千代紙に書き始めた。

『しんあいなる　おばあちゃんへ
いいんちょうが、おばあちゃんをかっこいいっていってたよ
まこ』

返事はやはりなかった。


「ていしゃば」に行ってから何日かたった日、鉛筆を削るかずの背中に寄りかかった眞子は、字を学校で勉強しなかったのか尋ねた。背中越しなら、何となく聞きづらい質問の気まずさもさほどではない。

学校へは行かなかったという。

「昔は行っても行かなくても、あまりどうのこうのと言われんかった」

「昔っていつ？　本物の遠山の金さん見たことある？」

「あたしゃそんな年寄りじゃないよっ。明治三十五年生まれさ。金さんも水戸黄門も死んじまってるよ」

「ふーん」

「ばあちゃんの生まれたところは農家が多くて、そういう子は農繁期になると行かなかったんだ。家で商売やってる子も同じだ。あたしの家は農家も商売もしてなかったけど、貧乏だったから、近所に手伝いに行ったり、子守なんかをして銭《ぜに》を稼《かせ》がにゃいかんかった。字を知らなくてもクワをふるったり、子守したりはできるからね」

「いいなあ、学校に行かなくてもよかったなんて」

眞子は本気でうらやましがった。

「周りの子らは学校が面白いと言っとった」

「嘘だよそんなの」

「あたしもそうだと思った。学校ってところは、叱られることもあるというし、罰を食らうこともあるらしい。同じ叱られるのなら、銭をもらって叱られたほうがいいじゃないか。ただ、給食っちゅーもんはうらやましいね」

「あたしも給食だけは嫌いじゃない。……学校行ってないのに、おばあちゃんはひらがながわかるよね」

「少しだけさ。学校から帰ってきた子らが地面に字を書くのを見て学んだんだよ。じろじろ見ると、殴られたからこっそり横目でね。しかし、算術のほうは実践で覚えた」

眞子はカレンダーの「1、2、1」を見やった。

「何しろごまかす連中もいたから」

「ごまかされたことがあったの？」

「ん、なんっぺんもあった」

「難しい言葉も知ってるよね」

「ほんの少しね。聞きかじりだよ。耳で覚えたんだ」

年齢が上がると、一丁前の稼ぎ手となり、ますます学校からは縁遠くなった。そして、字がわからないと言い出せなくなってくる。

十四のときに村を出て、卸問屋《おろし》に奉公した。しばらくしてから、手に職つけにゃならんな、と思って料理人に弟子入りした。師匠の言いつけはすべて頭にたたきこんだ。だが、字を知らないせいで、資格試験に毎回落ちる。一方で、弟弟子らはかずを楽々追い越していった。

「悔しかった？」

「どうだったんだろうなあ。あまり覚えとらんな」

師匠の下に五年ほどいたが結局、資格は取れんで、今度は建設業者の寮のまかないをやった。曾祖父とはまかない仕事で知り合い、字が書けるから一緒になった。

「じいさんには役所に出す書類を書いてもらったり、あたし宛ての郵便物もみんな読んでもらったりした。じいさんがいなくなってからは浩《ひろし》が代わってくれたね」

「ヒロシって？」

「息子だよ。眞子のじいさんにあたるね」

「すごい。あたしにはおじいさんもいたんだね」

「まあ、たいてい、生まれてくるにゃ、じいさんとばあさん、父親と母親が必要だからね。浩一郎の母親は——君子っていったけど——気の毒なことだが浩一郎を産んだときに死んじまったんだ」

「死んじゃったの……」

「年がいってからの出産だったから、今よりずっと危険だったんだ」

かずは長いため息をついた。

「浩一郎は君子さんが命を懸けて産んだ子さ。それでな、眞子はその命懸けの子の子ってわけだ」

眞子は父、その父と母、さらにその父を想像し、背中の温かさに意識を集中した。

「……すごい」

「ああ、すごいもんさ」

かずの口調には実感がこもっていた。

「父さんの父さんは？」

「浩一郎が学生のときに突然の病気で死んじまった」

「……」

眞子は体育座りしたつま先をギュッとつかんだ。

「だからあたしは浩一郎を引き取って、じいさんと育てたんだ」

「じゃあ、今とはさかさまだったんだね」

「さかさま……？　ああ、そうだね、逆だ逆だ」

今は孫が祖母を引き取っている。かずは初めて気がついたようで、うんうん頷いた。眞子はつま先をこすりあわせた。

「字を書けたから結婚したって。ひいおじいちゃんのこと、好きで結婚したんじゃなかったの？」

「ほお、眞子はそういうこともわかるようになったか」

眞子はふくれっ面をした。「みんな、そんなことわかってるよ」

「みんなって誰」

「綾乃ちゃんとか」

「ああ、あのおませさんか」

「覚えてた？」

「まあね」

「ねえ、ひいおじいちゃんのこと、好きじゃなかったの？」

眞子は足を踏ん張ってかずに体重をかけた。かずは前かがみになっていく。

「答えん」

「おばあちゃんっ」

「それから清掃業に就いて、そのときに行商人と知り合った。掃除の仕事はだんだん廃《すた》れてきていたから、あたしは行商に移った」

「まだおじいちゃんとの話は終わってないよ」

両手と膝を伸ばしてぐーっとのしかかると、かずは「答えーんもーん」と眞子の両手を握ってそのまま畳に額がつくほど頭を下げた。眞子の足が畳を離れ、代わりに畳に手がついて、眞子はかずの背中で一回転し、かずの頭の方へ着地した。

「おもしろぉい、もっかいやって」

「はいはい、いくらでもやってあげますよ」
背面のでんぐり返しが面白くて、ばあさんとじいさんの惚《ほ》れた腫《は》れたはうやむやになった。

だんだん手紙を書くのも飽きてきた。返事がないのだから張り合いもない。ネタもない。夏休みに入る頃には、手紙は、二日にいっぺんになり、三日にいっぺんになり、やがてヒグラシが鳴く夏休みの終わりには、出さなくなった。

かずは手紙がこなくなっても、何も言ってこなかったし、眞子に対する態度も変わらなかった。眞子は、案外おばあちゃんは手紙が来なくなってほっとしているのかもしれない、と推測した。それには自己弁護も含まれていた。

音読の宿題は続いていて、ノートはかずのサインで埋まっていく。『おてがみ』を音読することはなくなり、相田みつをや、金子みすゞなどを読むようになっていた。

かずは肥後守でサリサリと鉛筆を削り、眞子が読むのを背筋を伸ばして待っている。

音読のとき眞子は、こたつの上に冊子を開いて、指で文字をたどって読んだ。そうするとかずは、老眼鏡をかけて熱心に文字を追った。自分の名前に含まれる文字を見つけると、「た」だの「な」だのと声高に読み上げた。

裏の白いチラシをステープラーで留めたものに「おあめぬ」と並べて書かれてあるのを出

し、「これらは一族だね？」と確認してきた。

「は？」

「『め』がひねくれて『ぬ』になったんだろう。『お』は『あ』にひげが生えたもの」

「そうなんだ……」

眞子は字を注視した。

「じゃあ『いこり』も何か関係があるの？」

「そうだよ。『こ』は『い』が転んだもの」

「……」

「そして『り』は『い』の気性がのんびりしたものだ。おそらく『い』の休日スタイルが『り』と思われる」

滔々《とうとう》と自説を展開する。眞子は「ふうん」と言うしかない。

「これは『ね』だろう？」

「『わ』だよ」

「『わたしは』の『わ』と『は』はなんで違うんだい？」

「『わたし』って意味がまとまってる『わ』だからじゃないの？　こっちの『は』は『わたし』にくっついてくる『は』だからだよ」

かずはわかったようなわからないような顔をする。眞子だってわかって説明しているんじゃない。こういう質問をしないでほしいなあ、と思いながら、かずが「わたし　は」と力強く書き込む隙に、「はい、次行きますよ」とさっさと進むことにしている。

かずはただただ眞子が音読していたものを聞いていたときより、生き生きとしていた。ああ、そういうことをこの字は言ってたんだね、と深く納得する。いいなあ、おもしろいなあと嬉しそうな顔を見ると、眞子は、飽きてもくたびれても途中で音読をやめられなかった。前の日に教えた字を忘れることもしょっちゅうあって、「んもぉ、昨日教えたでしょ」と気を揉むこともあるが、かずは顎をぐいっと引いて「また教えてくれたっていいじゃないか」と詰り、決して凹むことはない。

テレビの内容より、テロップを読み上げることに執心し、特に『わくわくあいうえお』をクリアすることに燃えていた。ウサギが間違うと、「だからお前はウサギなんだ」と叱責もするし、自分が間違えると「間違いだってあるさ」と抜かりなくフォローした。

ごくたまに来る「かず」のついた郵便物は積極的に検め、ひらがなだけ拾い読みした。意味は通じないのだが、かずは満足そうだった。目を通されたものは、浩一郎に渡された。

トンボが飛ぶようになった秋口からしばしば、志摩子が早く帰ってくるようになった。かずはそのときばかりは字の勉強をやめた。眞子の読むのを、目を瞑《つぶ》って静かに聞いていた。

志摩子が早く帰ってきても、夕飯は冷凍食品だった。そばはおあずけである。キッチンで切ったり焼いたりするのもおあずけである。眞子は志摩子が早く帰ってくるのが嬉しいような煩《わずら》わしいような気持ちだった。

レンジでチーズが泡立っていくグラタンを見つめながら、「どうもおかしいのよね」と志摩子は呟《つぶや》いた。

何かまた叱る材料を見つけたんじゃないかと、眞子は猜疑心《さいぎしん》いっぱいの目を向ける。レンジに何かした覚えはない。お菓子に入っていた「食べられません」の小袋を一緒に温めて発火させたことならあるが、あれはおばあちゃんが何とかしてくれた。バレているはずがない。

「仕事が、減ってきてるのよ」

志摩子は、眞子には通じないことを前提に、ぼんやりと漏らした。


十一月に入った日、音読をしていると、志摩子が恐ろしく早く帰ってきた。まだ午後の三時半だった。真っ直ぐにリビングへ行き、その後パタリと音がなくなった。

眞子とかずは顔を見合わせた。眞子がリビングへ行ってみると、ソファーの背もたれから辛《かろ》うじて出ている志摩子の頭が見えた。

「おかえり」

そっと声をかけると、志摩子はしばらくしてから「ただいま」とろれつの回らない口調で返した。アルコールの臭いがツン、と鼻を刺激した。ソファーを回って顔を見ると、母親は眉を寄せ、頬を赤くして目を伏せていた。ふー、ふー、と息を吐いている。以前に眞子が怒りの鼻息を吐き続けたのと同じ息遣いだった。いつもの「宿題やったの？」「お腹空いてない？」もない。

テーブルの上にはコンビニの袋があり、中はすべて缶に入ったお酒だった。

眞子は突っ立って志摩子を見下ろしていた。なんにも言葉が思いつかない。おばあちゃん、こっちに来てくれないかな、と無理な期待をした。

しばらくして、さすがに黙っていられなくなり「どうしたの？」と聞いた。

「何か良くないことでもあったの？」

「ううん、大丈夫。心配ない」

志摩子はだるそうだった。答えるどころか、考えるのも、声を耳でキャッチするのさえ体にこたえるといった感じだった。どう見ても「大丈夫」でも「心配ない」でもない。

志摩子がしゃっくりした。アルコールの臭いが際立つ。

「ほらぁ眞子、がっこー行きなさい。遅刻ぅするわ」

「帰って来たんだよ」

「あらぁそう。ならもー、寝なさい」

「まだ三時半」

「あらぁそぉ」

しゃっくりをする。眞子も。移ったようだ。

母さんのこんな姿を初めて見た。

眞子は途方に暮れた。ふたりでしゃっくりをし続ける。間が持たないのに、部屋に引っ込む気にもなれない。身動きが取れない。母親をひとりにしておけない。

玄関のドアが開閉する音がして、どたどたと騒々しい足音が迫ってきた。

リビングに飛び込んできたのは浩一郎だった。大きな荷物と紙袋を提げている。父親の姿を見た眞子は、助かったと思った。

「おかえり、父さん」

「ただいま」

浩一郎は頬を緩めて眞子の頭に手をのせると、すぐ緩めた顔を引き締め、ソファーで煮過ぎたワカメのようになっている妻を見た。

「ちょっと大丈夫？　会社潰れちゃったんだって？」

携帯電話を振ってみせた。

志摩子は半開きの目を向けると、口をパクパクさせた。浩一郎はテーブルの横に荷物を置いた。

「帰りに新幹線のニュース見てさ、びっくりして。会社に戻らなきゃなんなかったんだけど、先にこっちに帰ってきちゃったよ」

爆発するように志摩子が咆哮《ほうこう》した。さすがにかずも出てきた。眞子は母親の叫びに恐れをなしてかずにしがみついた。浩一郎はその場に胡坐をかいて、志摩子を眺めている。

テレビ台のラベンダーのおもちゃが志摩子の声に反応してブンブン左右に振れているのを、眞子はかずの陰からちらりと見た。

「いきなりだったのよー。今日の午前中にいきなり言われてびっくりして。あたしあんなに頑張ってたのにぃぃ」

浩一郎が「うん、うん、そうだよね。シマちゃんは頑張ってたもんね」と静かに慰める。

なんだったの、あたしあの会社で頑張ってたのはなんだったのよぉ。

眞子とかずは顔を見合わせた。テレビでやってる出来事が、うちにも起こった。

テレビの方から物が落ちる音がして、みんなが振り向いた。ラベンダーのおもちゃが転がって、電池が飛び出ていた。

かずが目立たないようにと気を遣ったのか、猫背をいっそう丸めて近づき、乾電池をはめ直してテレビ台に立てた。さあ、また大声で一発ぶっ放していいぞ、という待ち構える顔で振り向いた。

志摩子と浩一郎と眞子は顔を戻した。

水を差された志摩子が涙の残りをスンと啜った。浩一郎が立ち上がる。

「何か食べようか、すきっ腹にアルコールは良くないよ」

キッチンへ行き、冷蔵庫を覗いて黙り、静かにドアを閉めた。続いて冷凍庫を開ける。

志摩子がぐったりと息を吐くと、テーブルの脚にもたせかけていた紙袋が倒れた。中から麻紐で十字に縛られた箱が出た。

眞子は箱を引っ張り出した。重たい木の箱だ。かずも興味津々《しんしん》で顔を寄せた。

「父さん、これお土産ぇ？」

キッチンの浩一郎に尋ねる。ガサガサと冷凍庫をかき回している音が聞こえてくる。

「そう、信州行ってきた〜」

表書きをふたりは読み上げた。

「そば」

珍しく土地のものを買ってきたらしい。

シンバルを鳴らす猿とか、電池で念仏を唱える仏像とか買ってきてあげたかったんだけど見つけらんなくてさあ、とぼやきが聞こえる。今まで、わざわざ探してまで買ってきていたことがわかり、眞子は愕然《がくぜん》とした。

「父さん、そばとかのほうが、実はとっても嬉しいよ」

この際しっかりと伝え、浩一郎を押しやってふたりはキッチンを占領した。キッチンを使っても、志摩子は何にも言わなかった。ソファーでずっと浩一郎相手に愚痴なのか泣き言なのかを吐き出している。

かずの冷蔵庫からそばに使えそうな食材を調達してきた。

四人分の冷凍ピラフをレンジで温めるのと変わらない時間で、四人分のそばが出来上がった。

針のような海苔と丸い生卵が浮き、ネギがこんもりと盛り上がっている。

リビングのテーブルで四人が食べる。

志摩子と浩一郎が、かずの作ったものを食べている姿を見るのは初めてだ。その光景は、母親の会社が潰れたことなど、どうでもよくなるほど眞子を喜ばせた。

志摩子が途中で席を立ったときには、どきりとしたが、お茶を淹《い》れてきただけだったので、眞子は胸をなでおろした。

「おいしいです、かずさん」

志摩子が褒めたので、眞子は首の筋を違えるほどの勢いで、丼から顔を上げた。志摩子の顔からは険が抜けていた。

「そりゃよかった」

お茶を啜ったかずは、

「ああ、おいしいねえ」

と深く息をついた。

「眞子、包丁使えるようになったのね」

眞子は目をぱちぱちさせた。なんてこった、と思った。いったい母はどうなったのだ。

眞子は咳払いすると、

「箸を持てるようになったら、包丁だって持てるようにならねば、ならないんだよ」

と主張した。志摩子は眞子を真っ直ぐに見つめて、そうね、と同意し、そばを見下ろして二回頷いた。

それから、あたし、何してたのかしら、と呟いた。

浩一郎が何でもやってたじゃないかとフォローし、志摩子に何でもって何よとつっこまれると「仕事とか……仕事とか……仕事とか……」と壊れた九官鳥みたいにしどろもどろで同じことを繰り返し、逃げるように丼を持ち上げて汁を飲み切ると、かずに向けて言った。

「ばあさん、これ、オヤジのそばにそっくりの味だ」

丼の底には七味唐辛子がちょっとだけ残っているきりだ。

「そうかい、そりゃよかった」

かずはなんてことない様子でお茶を啜った。

父さんの父親と言えば、ヒロシという名前だったな、と眞子は思い出した。ヒロシじいさんはおばあちゃんの味を引き継いだのだろう。

「眞子、おいしいよこれ」

眞子は浩一郎をちらりと見たのち、かずに小声で聞いた。

「母さんはどうなるの」

声を潜めても、一つのテーブルに四人が雁首《がんくび》揃えているので、両親にもきちんと聞こえた。

その証拠にふたりの箸が止まる。

「どうもならん。潰れたのは会社だよ。志摩子さんまで潰れたわけじゃないさ」

かずはシンプルだった。

志摩子はかずを見つめた。眉が寄り、口が富士山型になる。また泣き出すかもしれない、と眞子は危ぶんだ。

志摩子の丼がかちかちと音を立てる。箸が小刻みに丼を打つ音だった。志摩子が頷いた。ほつれた髪の毛がゆらりと揺れる。

痛々しそうに妻を見つめていた浩一郎が、励ますようにその肩をたたいた。

志摩子は、よく見れば髪の毛はぱさぱさで頬にかかり、化粧もはげ、顔はむくんでいた。パンツスーツで、梅雨の空気を蹴散らしていた志摩子の姿は影も形もない。

眞子は、日中、母親はどう過ごすのか、ということが気になっていて聞いたのだが、結果的にかずの答えでよかった気がした。

空っぽの丼をテーブルの上に放置したまま、誰も喋《しゃべ》らなかった。

「晴ればっかりじゃ、干上がっちまうってね」

かずがポツリと呟いた。浩一郎が、隣の幽鬼のような妻を一瞥した後、かずに視線を返して目顔で「余計なこと言うな」と制しようとした。眞子はそのことを理解したが、好奇心には勝てず、「何それ」とかずに尋ねていた。

「じいさんだよ」

「じいさんがそんなこと言ってたの？」

浩一郎がぽかんとした顔をした。

「じいさんって？」

眞子が聞き返す。「父さんのおじいさん？　ひいおじいちゃんのこと？」

「そうだよ」

仏壇に、すっかり色褪《あ》せぼやけた写真が飾られている。それぞれ別の人物が写っている三枚。

かずは、湯飲み茶わんを口元に持って行ったが、中身を覗いて再びテーブルに置いた。

「ひいおじいちゃんは……？」

眞子は控えめに尋ねた。

「オレが就職のために実家を出て、一年経った冬に死んだんだ」

「なんで死んじゃったの？」

悲しい気配は察知したが、やはり好奇心には勝てない。

「卒中《そっちゅう》だった。頭の血管が切れちゃったんだ。もう十五年くらい前だな」

眞子は、血圧計の恐怖を思いだした。脈打つ頭痛も。

テレビで健康サプリメントのＣＭが流れるが、その中に頭の血管が映るものもある。あの知恵の輪以上にひっからまった、細い管を大量の血が相当の勢いで走って破くのだ。想像するだに痛そうだ。

長い時間、取り残されたかずは連れ合いのないまま生きてきた。眞子にはかずがいるし、浩一郎と志摩子もいる。

ひいおじいちゃんが死んだ後、おばあちゃんにはそんな人がいたのかな。

たとえばかずの部屋。冷蔵庫もテレビも、レンジもこたつもそろっている。ひとりで全部完結できる。

ひとりで何でもできるように、と眞子たちは言われて育つ。ひとりでなんでも——生活していく上で必要な作業だけでなく、寂しさや悲しさ、怒り、喜びなども自分ひとりで完結できたら、誰も必要なくなるはずなのに、人の周りには人がいる。

いい悪いではなく、眞子は不思議だな、と思う。

かずが、あのね、と口を開いた。

「いろいろあるたんびに、じいさんは『晴ればっかりじゃ干上がっちまうもんなあ』って、そんなことよう言ってたんだぁ」

かずは宙に目を据えた。

志摩子が顔を覆ってごしごしとこすった。うーっとうなって天井を仰ぎ深呼吸する。その顔を見て、三人は笑った。なんで笑っているのかわからないだろう志摩子も、つられて頬を緩めた。ここ何カ月も、会社が潰れる前でも、こんなに明るくすっきりした顔を、眞子は見たことがなかった。

食事の後片付けは浩一郎と志摩子が受け持った。浩一郎が食器を洗いながら、オレ出張帰りで疲れてるんだけど、とぼやけば、志摩子がそんなこと聞いてない、と返しながら洗い上がった食器を拭く。

眞子とかずはリビングでテレビを並んで観ながら、背後の会話を聞いていた。

テレビでは、魔王が出す日本語の読みに、ウサギが切羽詰《せっぱつ》まった表情で考えている。ピンク色の全身が土埃か何かで煤《すす》けて見えた。このウサギも日本語を学んで長い。そろそろ覚えてもいい頃なのではないだろうか。

かずがこぶしを握って、テレビに身を乗り出し、届かぬ声を届けようとしていた。

「『このさらはなんじかん、まわってますか』だ。ほれ『このさらはなんじかん、まわってますか』」

志摩子に聞かれないようにか、押し殺した声で、だ。

手に汗握っているかずをよそに、キッチンではのほほんとした会話が交わされている。食器洗い機、買おうかと浩一郎が提案すれば、どこに置くの、と志摩子がバッサリ切り捨て、「当分はあたしが家のことするからそんなもん、いらないわよ」と断言した。

両親の会話を聞くのは随分《ずいぶん》久しぶりな気がした。そしてそれは悪くなかった。

「かずさん、包丁、研いでくれたんですね」

キッチンから志摩子のワントーン高い声がした。

「余計なことしてすまんかった」

かずはテレビから目を離さないまま言った。

「いいえ。ありがとうございます」

志摩子は、皮肉のない朗らかな声で礼を言った。かずは肩越しに手を上げて応えた。

テレビの中で、ウサギがついに「このさらはなんじかん、まわってますか」と読み上げた。かずがでかしたっと、ガッツポーズをした。画面が明るくなり、くすだまが割られ、ラッパが鳴り響いた。魔王が血を吐いて倒れると、見計らっていたかのように現れた動物たちが、その周りをどこかの部族のような振り付けで踊りだす。森がうねり、雲が割れ、日が差し込んだ。シュールだ。

後片付けが終わると、志摩子は早々に寝室へ引っ込んだ。浩一郎とかずがリビングにいるので、眞子は隣の自分の部屋に入った。千代紙を前に鉛筆を手に取る。

ここ一カ月以上、手紙を書いていなかったが、久しぶりに書きたくなった。

『しんあいなるおばあちゃん』

書き始めたところで、かずの声がぼそぼそと聞こえてきた。意識して声を潜めているのははっきりしていた。眞子は手を止めて耳を澄ました。おとなには子どもに聞かれたくない話がある。そして子どもはそういう話にこそ、もっとも興味を引かれる。

眞子はそーっと部屋を出てリビングのドアの陰に身を隠し、聞き耳を立てた。

「すまんかったね。家土地なくしてしまって」

かずが謝っている。眞子の右眉がピクリと上がった。

間があった後、浩一郎の声が聞こえた。

「ばあさん、オレはもう気にしてないよ」

息を殺して耳をそばだてる。

「騙したやつらが悪いんだって」

浩一郎のフォローに、かずは黙る。

「だが、こうしてお前のところにやっかいになって、志摩子さんにも無理させとる」

「シマちゃんはアレだよ。なんて言うか、人見知りだから。別に迷惑なんて思ってないと思うけど。ばあさんに気を遣いすぎてるだけなんだ」

いや、父さんそれは無理あるよ。そのフォローはなんか、あからさまなとってつけ感があって無理あるよ。

かずはさらに黙る。

間が長いふたりの会話は、眞子には間怠《まだる》っこい。

かずがようやく言った。

「字が読めたらそんなへまはせんかったね。あんな紙っぺら一枚で何もかもなくすとは……」

へへへ、と力なく笑う。

「学がないってのはアレだね、縮こまっちまうもんだね」

浩一郎の返事はすぐにはなかった。

会話の流れを忘れそうになるほどの空白の後、浩一郎が言った。

「家は相当ガタがきてたじゃない。土地だって狭いし、幹線道路から離れてたし、下水道もつながってなかったんだから、価値なんてたかが知れてるよ」

言い聞かせるような口調だった。眞子は床に座って壁に寄りかかる。

「……お前には悪いが、金のことだけじゃないんだ」

「思い出のってやつ？」

浩一郎の声にわずかに揶揄《やゆ》が滲《にじ》む。

縁側に並んで靴を洗った家。

おばあちゃんとひいおじいちゃんと、ヒロシおじいちゃんと君子おばあちゃんと、父さんが暮らしてきた家。

君子おばあちゃんがいなくなって。

ヒロシおじいちゃんがいなくなって。

そして、父さんが出て行って。

おばあちゃんは、ひいおじいちゃんとの二人暮らしに戻った。

でもそれは、たった一年だった。

眞子の背筋が伸びた。

眞子は、かずがレジに二回並んで、ひとりひとつまでの品物を二つ買うことを思いだした。

あれはひいおじいちゃんの分もだったのか。

カラスの声が遠く聞こえた。廊下の窓から、柿色になり始めた空の高いところをカラスが数羽まとまって飛んでいくのが見えた。指差して数える。一、二、三、四。おばあちゃん、父さん、母さん、あたし。

寝室のドアが無造作に開いた。志摩子がバスタオルや着替えを丸めたものを抱えている。

リビングの話し声がぴたりとやんだ。

「何かいるの？」

志摩子が眞子が見上げているほうを目で追った。眞子は小さくなっていくカラスを指した。

「あれは家族かな」

志摩子も空を見上げた。

「そうかも。家に帰るのね」

遠慮しているかずの姿が思い浮かんだ。かずは眞子と一緒にいてもふいに、ひとりぼっちに見えることがある。

おばあちゃん。おばあちゃんの家はここだよ。

眞子は窓枠につかまって、影絵となってゆくなだらかな山並みに向かって飛んでいくカラスが、夕日に溶け込んでしまうまで見つめていた。

手紙は、書けなかった。


当分は、と言ったことからも、志摩子は仕事先を探しているようだった。仕事をしていたときよりも表情はずっと穏やかになった。

母親が家にいるという状態にあまりなじみがない眞子は、帰ってきて志摩子がいるということになかなか慣れなかった。

志摩子はバリバリ家事をこなす日もあれば、リビングで冷めたコーヒーと、検索画面を開いたままのパソコンを前に、ぼーっとしている日もあった。そういうときは夕飯がないので、冷凍食品を食べたり、かずとそばを茹《ゆ》でたりした。かずがキッチンに入っても志摩子は咎《とが》めることはなかったし、できあがったそばを出せば無心に食べた。食べ終われば、ごちそうさまでしたと言い、後片付けをかって出る。

浩一郎の出張回数は減った。帰宅時間も早くなり、日曜日や祝日も家にいることが増えた。志摩子が、仕事大丈夫なの？ と心配すると、大丈夫に決まってるじゃないかとどっしり構えていた。志摩子は案じながらも、浩一郎が家にいるとシャキッとなるように見受けられた。シャキッとなるのを、自分の内だけに留めておいてくれれば結構なところを、彼女の場合は外に迸らせる。

「眞子、部屋を片付けなさい。机の下の綿埃、あれなんなの！」

「犬と猿がやかましい、やめさせて！」

指示と叱責を飛ばすので、はなはだ迷惑なことであった。

あまりにうるさいと、眞子は早々とかずの部屋に避難した。志摩子はかずの部屋に来ることはないからだ。

かずはたいてい、鉛筆を削ったり肥後守を研いだりしていた。

その日も鉛筆を削っていた。

いつも見ていると、やはりやってみたくなる。指の傷はとっくに消えていたし、痛みも忘れた。

「おばあちゃん、それあたしもやる」

「そうくると思ったわ」

以前には渋ったかずだったが、今回は意外にすんなり教えてくれるようだ。字を習ったら鉛筆も削れなきゃいけないんだよ、と主張する気満々だった眞子は肩透かしを食らった格好になった。

「包丁も上手に使えるようになったからね」

肥後守を持たせてもらった。カッターと違って、刃が厚くごつい。重量感もあるので、眞子は、うっと怖気づいた。それには気づかないかずが、早速教える。

「鉛筆の軸に刃を沿わせ、親指を刃の背に当てて少しずつ押していくんだよ。一気にやろうとせんで、少しずつ削るんだ」

眞子を怖気づかせた刃は、安定していた。カッターの刃のようにみょんみょんと波打つことはない。安定の肥後守だ。

鉛筆の軸は、ところどころ、深くえぐれた。

「削り具合で己《おのれ》の気持ちがわかるのさ」

かずは眞子が削った鉛筆を静かな眼差しで見つめた。それから肥後守を取って眞子が削った部分を手直ししていく。

鉛筆の削り具合で気持ちをわかろうとするのが、眞子には理解できない。だって、自分が愉快か不愉快かなんて、鉛筆に教えてもらわなくたって、自分でとっくにわかってることじゃないか。

「おとなになるとね、わかんなくなることもあるんだよ」

「ふーん」

かずが削るとさくさくと小気味いい音が出る。同じ道具で、同じ鉛筆を相手にしているのに不思議だ。

「おばあちゃんのはみんな同じ削りっぷりになる？」

「まあな。ばあちゃんクラスになりゃ、ほぼ気持ちは安定するもんだ」

トイレのほうから志摩子の悲鳴が響いた。

「かずさんでしょ！　トイレ流してくださいよ！」

鉛筆の先がメキリと音を立てて落ちた。

シャキッとしたりボーっとしたりを繰り返しながら志摩子は、日がたつにつれて、だんだんもとに戻ってきた。

休日、朝食をすませて歯を磨いていた眞子を、志摩子が散歩に誘った。

驚いた眞子はパジャマの前を、口からの泡で汚した。

散歩というものを、志摩子が勘違いしてるんじゃないだろうかとまずは疑う。お母様、散歩というのはですね目的を定めず、ブラブラ歩くということなのですよ。そう頭の中で説明しているうちに、志摩子はコウちゃんを起こしてくる、と洗面所から姿を消した。

眞子はゆっくり歯ブラシを動かしながら首を傾げた。志摩子が意味のない無駄なことを自ら提案するとは、どう考えても変だった。これが春先なら陽気のせいにもできようが、今は初冬である。頭がシャキッとする季節である。

家にいるというのが、志摩子にとっていいことなのか悪いことなのか、眞子には判断がつけられなかった。

志摩子は、半寝状態のスウェット姿の浩一郎を伴って玄関にやってくると、下駄箱の前でしゃがみ、靴を選んだ。

取り出したのは、傷のあるローヒールのパンプスだ。眞子が洗ってからまだ一回も履いたことがなかった。隣に浩一郎のスニーカーも並べた。

眞子は驚き、そしてにんまりした。

「あれ、新しいの買ったの？」

浩一郎がよく回らない口で聞いた。

「眞子が洗ったのよ」

「へえっ」

浩一郎が目を見開いた。寝癖のついた髪がピンと立ったように見えた。

「眞子、靴を洗えるようになったのか。じゃあお祝いに新しい靴を買ってやろうな」

「そうじゃないでしょ」

志摩子の制止が入る。

「うちの小さな姫君は本当にえらいなあ」

姫は靴なんか洗わないんだよ、とのつっこみは、眞子の小さな胸の内に留めておく。

「買ってくれるなら、もっとおとなっぽいのがいいな。ピンクとかイチゴじゃないやつ」

「えっ、いいの？」

志摩子が目を丸くする。逆に眞子も驚く。

「いいの、いいの」

「あらぁそぉ」

志摩子は目を細めた。

言えた。眞子はとても満足した。

外の空気は瑞々しく、透き通っていた。朝陽が絹のベールのように注がれている。水色の空が広く、スズメが二羽、短く鳴き、追いかけっこをしながら弾むように飛んでいった。

三人は眞子を真ん中にして歩いている。

「オレ眠いんだ」

浩一郎がぼやいた。

「そんなこと聞いてない」

志摩子は愛想もない。

「どこまで行くのぉ」

「どこ行こうか」

「シマちゃんが散歩なんていったいどうしちゃったの。なんかプロレスラーが子猫拾うみたいな感じがする」

「気分転換。ずーっとパソコンばっか見てたら肩が凝っちゃっただけ」

「あそう。鬼が募金するみたいな感じもするだろうな」

「さっきから何。ケンカ売ってる？」

「とんでもない」

「いい天気」

志摩子は空を見上げてのびのびと深呼吸した。

「ひとりで歩いてほしいよな」

浩一郎が眞子に耳打ちした。眞子は首をすくめた。

ひとりで歩きたくないんだろう。前の志摩子なら、あたしを置いてひとりでどんどん行った。

三人の靴音に眞子は耳を澄ませる。ポクポクといい音だ。

両親に守られているような、逆に、自分が守っているような、深い落ち着きと安らぎを感じた。

自販機の前で浩一郎が立ち止まり、商品を眺めながらスウェットパンツのポケットを探った。

ホットコーヒーを買う。音楽が鳴り、自販機がパチンコ屋のように電飾を弾けさせた。

「おっすげえ、当たりだ！」

浩一郎が驚きと歓喜の声を上げる。当たりを初めて見た眞子も興奮せずにいられない。思わず駆け寄って、賑々しく大げさな祝福を目に焼き付けようとする。

「すごいね、父さん！　ついてるね」

「ああ、ついてる、ついてる」

もう一本落ちてきた。

「散歩に来てよかったわね」

志摩子が、自分のおかげだどうよ、と言わんばかりに鼻を鳴らす。

「シマちゃんありがとう！　チャンスの女神だ」

浩一郎は当たったコーヒーを眞子の冷えた頬に当てた。じん、と熱い。

「眞子も飲むだろ？」

「飲む！」

「ダメ！」

志摩子の禁止は秒殺だ。禁止するのに慣れている。

「さっき牛乳飲んだでしょ」

「牛乳とコーヒーは違うもん」

「中学生になってからなら飲んでもいいから」

「中学生になったらビール飲むから、コーヒーはもういらないもん」

浩一郎が笑って、先に買った缶の蓋を開け、眞子に差し出した。志摩子は渋面をしている。

眞子は一口だけ飲んだ。

「カッ」

無糖だった。苦い。舌にしみ込んでいく。カッカカッカ、と眞子は喉の奥から唾《つば》を吐きだした。突き返された缶を受け取って、浩一郎は腹を抱えて笑った。志摩子はほうら見たことか、と半分呆れ、半分溜飲《りゅういん》を下げたような顔をした。

ゆうゆうと飲んでいる浩一郎の尻に、眞子はまずいものを飲んでしまった怒りにまかせて体当たりした。浩一郎は白いスウェットにコーヒーをこぼし、浩一郎と眞子は志摩子に往来で叱られた。

ゴミ捨て場近くまで来たが、かずの姿はなかった。

「かずさん、いないわね」

「公園にいるんだよ」

眞子はふたりの手を引っ張った。浩一郎の手は皮膚が固くて厚く、志摩子の手は華奢《きゃしゃ》で乾燥していた。どちらも温かい。

久しぶりにふたりと手をつないだ。ちょっと照れくさい。

眞子が覚えている中で、手をつないだ一番新しい記憶は、入学式だ。左手で浩一郎の親指につかまり、右手は志摩子にギュッと握り締められていた。

今は浩一郎の指三本を一気につかめる。志摩子には相変わらずギュッと握られている。そのぬくもりに変わりはない。

公園に差し掛かると、車両止めの向こうに、かずの姿があった。洗われてさっぱりした長靴を履いて、ビミョーな柄の毛糸の帽子を被り、ブランコの周りを、身をかがめて箒で掃いている。

「おばあちゃーん」

呼びかけると、いつも通りかずは振り返って、三人の姿にちょっと意表を突かれた顔をした。予想通りの反応に、三人は笑った。

かずは「やあやあ」と長年、会っていなかった友人に巡り合ったかのように目を細め、手を上げた。

「どっか行くのかーい？」

「散歩ー」

眞子は答えながらちらりと志摩子を見上げる。志摩子はかずを眺めていた。

おばあちゃんを散歩に誘ってもいいかな、と迷った。それには志摩子の許可が必要な気がした。右手の温かさに意識を向ける。温かさは変わらない。

母さん、と提案しようとしたとき、志摩子が公園に踏み込んだ。眞子にとっては奇跡だった。母に自分の気持ちが通じたに違いない。

「早く帰りたい。早く帰って寝たいです」

浩一郎が泣きそうな声で訴えながらも、ついてくる。

志摩子はブランコに座った。

「天気がよくて、空気が澄んで、落ち葉の匂いがしていて、あたしはブランコになんか乗っちゃって。あ〜、なんかこうゆーのもいいわねえ」

うっとりと空を見上げ、踵《かかと》とつま先を使ってブランコを揺らした。

「眞子も乗ったら？」

眞子は素直に隣のブランコに腰かけた。

かずが箒を動かし始める。

浩一郎が当たった缶コーヒーをかずに黙って差し出した。

かずは手を休め、黙って受け取り缶を開けた。

浩一郎とかずがこっちに背を向け、ブランコを囲む柵《さく》に尻を乗っける。

「まるで親子だね」

志摩子がふたりに聞こえないよう、ささやいた。

ふたりの背丈は違うものの、後ろ姿はそっくりだ。右足を前へ伸ばし、左足を曲げて体を安定させている。コーヒーを飲むタイミングも同じだ。

ブランコに揺られながら、自分も志摩子に似ているだろうか、と思案した。自分じゃよくわからない。似てるとか、いないとかは、ほかの誰かじゃないとわからないのかもしれない。

眞子が次に手紙を書いたのは、二学期の終業式の朝だった。道の隅に雪がうっすらと積もっていた。今年の寒さは厳しいが、雪は少ない。おとなは嫌うけど、雪は多いほうが好きだ。

明日から冬休み。目いっぱい遊ぼうと眞子のテンションは上がりまくっていた。

玄関のドアが閉まった音を部屋で聞いた眞子は、今がチャンスとかずの部屋に飛び込んで、こたつの上に置いた。

七時半になったので家を出る。ゴミ集積所が近づくと、かずの咳が聞こえてきた。浩一郎土産の毛糸の帽子を被り、薄茶色のジャンパーを着て、短い箒でいよいよ背を丸め掃き集めている姿が見える。定期的に洗っている長靴はつやつやだ。

「おばあちゃーん、いってきまーす」

眞子は白い息を散らすように手を振った。

「いっといでー」

かずが箒を振る。白い息が、真っ直ぐに注ぐ朝日を丸く包み込んでかずの顔を覆った。

一瞬、周りの音が途切れた。

だが、カラスが一声発すると、再び車の走り抜ける音や、おばさんたちの話し声などがワッと耳に入ってきた。

眞子は笑顔のままかずを見つめて手をゆっくり下ろした。かずの顔が霧の中から現れるのを待って、その笑顔を確認すると学校へ向かって歩き出した。

八時過ぎに学校に着いた。すのこで靴を履き替えていると、玄関わきの事務室から事務員さんが血相を変えて駆け出てきた。すぐに帰れという。

反射的に眞子の頭に浮かんだのは、三十分前の白いかずだった。

嫌な、予感がした。


かずはゴミ集積所で倒れていた。

食道にできたコブが破裂したのだという。眞子にはよくわからない難しい名前だった。ゴミを捨てに来た主婦が、血だまりの中に顔を浸しているかずを発見し、救急車を呼び、家に連絡してくれた。連絡を受けた志摩子は、浩一郎と学校に連絡。

眞子が病院へ駆けつけたときには、かずは意識がなかった。

一日ベッドで寝て、次の日逝《い》った。

冬休み初日のことだった。

精進《しょうじん》落としは「ていしゃば」から仕出しを取った。付いていたお吸い物を見て、眞子はそばを作りたいと言った。

キッチンの冷蔵庫はほぼ空っぽだったので、眞子はかずの部屋へ向かった。かずの部屋はそのままだった。家具はもちろん、こたつの上に虫メガネと老眼鏡と新聞、鉛筆、チラシの裏で作った手製のメモ帳も。——字の羅列も。

深呼吸する。胸が引きつって息が震えた。

ただれて腫れ上がっている目をこすって、かずの冷蔵庫を開けた。使いかけのしおれ始めたネギがぽつんと残っていた。三人分には少し多い。四人分でちょうどいいぐらいの長さだった。

キッチンに戻って、湯を沸かし、包丁を手にする。

包丁はピカピカで、眞子のむくんだ顔を映している。

志摩子は何をするわけでもなく、キッチンに入ってきて、ネギを刻む眞子の手元を見つめていた。何も言わなかった。ネギは刻むと、タマネギのように目にしみた。眞子は志摩子に背を向けて、目をこすった。

志摩子はそばを茹でるのも黙って見つめていた。

海苔を長方形に切って、めんつゆとしょうゆでだし汁を作った。茹でたそばを折りたたむように沈め、海苔を浮かべてネギを真ん中に盛った。

やっぱりネギ、多い。

指がネギ臭い。しつこく目にしみる。

リビングで三人でテーブルを囲んだ。

「すごいなあ、眞子。そばを作れるのか。偉いなあ」

眞子の前に座っている浩一郎は眉を下げ、鼻を啜った。かずが病院にいるときからずっと、眉はガクリと下がり、目は赤かった。

そばを口にした志摩子が驚いた。

「……普通においしい。ひとりで作ったのにね」

「『普通に』って、シマちゃん」

浩一郎が苦笑いをした。

――ばあちゃんは『普通においしい』というのは好かん。

眞子の耳にかずの声が聞こえた。

「ごめん、眞子。おいしいよ」

志摩子は言い直した。

「おばあちゃんの味になってる？」

眞子が聞くと、二人は言葉を呑んだ。眞子は二人の顔色をうかがいながら返事を待つ。

「うん、同じよ。そっくり」

志摩子の声が震えた。

「眞子は大したもんだ。将来大物になる」

浩一郎が無理に声を明るくした。

眞子は目を伏せてそばをたぐった。

そばを茹でられても、茹でられなくても。

字を書けても書けなくても、大物は大物だし、小物は小物なのだ。

カラスの鳴き声に引かれて、視線を吐き出し窓へずらした。三羽のカラスが西に向かっていく。ドキリとした。眞子は箸をギュッと握った。もう一羽を探して、みかん色と紺色で彩られた空に視線を走らせる。

カラスはどんどん小さくなっていく。やがてグラデーションに溶けた。

眞子の隣は空席だ。

今年の冬は寒い。
空には雲も、飛行機もなく。
ただひたすら空っぽだった。

志摩子が無職の時期は春までだった。四月には次の仕事を見つけて、忙しさの中へ飛び込んでいった。

眞子は学童保育を拒否し、まっすぐに帰宅した。また冷凍食品生活に戻った。志摩子とは、ひとりのときにガスを使わないと約束させられたが、こっそりそばを茹でるぐらいはしていた。

志摩子は知っていただろうが、注意することはなかった。

眞子はかずの部屋で、ミルクと砂糖をしこたま入れたコーヒーを飲んだ。膝を抱えてぼうっとすることもあれば、そのまま寝てしまうこともあった。

そしてしょっちゅう肥後守で鉛筆を削った。切り落としそうなほど深くえぐってしまうこともあった。それでも、鉛筆の軸を削る感触と思索的な音は、心を落ち着かせた。凹凸も個性的だ。削りたての渋く深い香りは、かずの匂いだった。

若葉の風が吹いてくる。

曾祖母が生きていたのはもう二十年以上も前になった。

あの日、おばあちゃんの帰る場所はこの家だよ、と思った。祈るほど痛い想いだった。

外で何かあったとき、心穏やかでいられないとき、私もこの部屋に帰って来た。ここは曾祖母であり、私のシェルターだった。ここでしばらく膝を抱えていれば、しょうがねえや雨降んなきゃ干上がっちまうもん、と思い直すことができ、次の日には、また出て行けた。

効率重視の両親でさえ、ここをそのままにしていたのはそんな理由からなのだろうか。

新聞紙に鍋を包む母を思い出す。ひょっとして、両親は私の勤務先が倒産したことを知っているのじゃないだろうか。地元紙なら載っていたかもしれない。

荷物整理なら、何も私が出張らなくたって、二人と引越し業者で十分なはずだ。

足元に散らばった色とりどりの千代紙と、一冊の冊子、肥後守、２Ｂのかきかた鉛筆。どれも見覚えがある。

　私、また帰ってきてもいいだろうか。ここからやり直してもいいだろうか。

　聞いてみようか。甘ったれるなと突っぱねられるか――。

　冊子を拾い上げてめくると、懐かしい作品が収録されていた。手《て》垢《あか》や食べ物のシミで汚れている。思わず頬が緩んだ。

　ページの間にまだ千代紙が挟まっている。そこを開くと、かえるが二匹、肩を組んで玄関前に座っている絵が目に飛び込んできた。『おてがみ』だ。緑色の洋風郵便受けの向こうにある通りを眺めている。手紙を待っているのだ。

　私は腕を肩の高さに上げ、肘を伸ばすと、腹に空気をためた。

「〈**かえるくんが　いいました。**〉」

　音読だ。

「〈『**ぼくは　こう　かいたんだ。**』

【ぼくは　きみが　ぼくの　しんゆうで　ある　ことを　うれしく　おもって　います。】

……〉」

　喉が震えてくる。

「〈『**ああ、**』**がまくんが　いいました。**『**とても　いい　てがみだ。**』**それから　ふたり**

は　げんかんに　でて　てがみの　くるのを　まって　いました。ふたりとも　とても　しあわせな　きもちで　そこに　すわって　いました。

ながい　こと　まって　いました。〉」

肘がだんだん曲がってくる。落ちてくる。

——〈**ふたりとも**〉

一文一文を沁みこませるように読む。

——〈**しあわせな　きもちで**〉

きれいな言葉だと思う。

——〈**まって　いました**〉

優しく愛《いと》しい字の羅列だと思う。

私は文を三回、読んだ。いつの間にかうつむいていた。

「〈**四日　たって、かたつむりが　がまくんの　いえに　つきました。てがみを　もらって、がまくんは　とても　よろこびました。**〉」

それから折りたたまれている千代紙の中から一枚を開いた。

湿気を含んでゴワゴワしていた。

『しんあいなる　おばあちゃんへ』


横書きのつたない字が語りかけてきた。

私、こういう字、書いてたんだ……。

今の字の面影が確かにある。

筆圧は強め、決して上手ではないが丁寧で誠実な字だ。

当時の字はあっという間に私を小学二年生の少女へと戻した。とてもわくわくしていたっけ。とびきりの気持ちだった。

『いいんちょうが、おばあちゃんをかっこいいっていってたよ
まこ』

その下にはぽっかりとした空白があった。

視線を下げていく。

一番下の、ギリギリの部分に。

『たなか　かず』

息が詰まり、目が見開かれた。

鼓動が速くなっていく。

別の千代紙を開いた。焦っているのか破ってしまった。かつて、ゴミ箱から拾った参観日のお知らせを破ったことを思いだした。あのときもおばあちゃんの気が変わらないうちに、と焦っていた。今さら、曾祖母の書いたものが変わるわけがないのに、とちょっと笑った。

手紙には一枚残らずサインが入っていた。

音読の「読みました」のサインと同じ「な」の輪が「6」。力強く、魂を込めて書かれた『たなか　かず』。

温かい血が体の隅々まで流れていく。

よく見れば、私の字は一文字一文字こすれていた。

私は曾祖母の一文字一文字に指をすべらせた。

意思を持った力強い字は二十年以上経ってもまだ生きて、私の指を黒く彩った。

喉がギュッと締まる。鼻の奥が痛んだ。

手紙に顔を押し付けた。

涙がどっと溢れた。
声を殺して泣いた。

ずっとずっと待ち焦がれたおばあちゃんの返事は、二十三年もかかって私の元に届いた。

了

＊引用：
『ふたりは　ともだち』
アーノルド・ローベル／作　三木　卓／訳
一九七二年十一月一〇日第一刷発行　二〇〇七年十一月二〇日第一五九刷発行
文化出版局／発行

＊本書は「第十一回　家の光読書エッセイ」（平成二十三年十二月二十六日発表）
佳作作品「ふたりは曾祖母とひ孫」をもとにしたフィクションです。

髙森美由紀（Miyuki Takamori）

1980年生。青森県出身、在住。派遣社員。
著作に『ジャパン・ディグニティ』
（第1回暮らしの小説大賞受賞/産業編集センター）、
『おひさまジャム果風堂』（産業編集センター）がある。

お手がみください

2016年 9月12日　第一刷発行

著 者　髙森美由紀

装 画　今日マチ子
装 幀　カマベヨシヒコ（ZEN）

発 行　株式会社産業編集センター
〒112-0011東京都文京区千石4-39-17

印刷・製本　大日本印刷株式会社

ISBN978-4-86311-135-6　C0093

高森美由紀　好評既刊本

第1回「暮らしの小説大賞」受賞作

ジャパン・ディグニティ

うだつのあがらない伝統工芸職人父娘《おやこ》の挑戦を、ひたむきに描いた秀作。

スーパーのレジ係を辞めた美也子（二十二歳）は津軽塗の世界に入ることを決め、漆職人である父のもとに弟子入りする。五十回ほども塗りと研ぎを繰り返す津軽塗。一人でこつこつと行う手仕事は美也子の性に合っていて、その毎日に張りを与え始める。

少しずつ腕を上げる美也子はある日、弟の勧めでオランダで開催される工芸品展に打って出ることに。

『ジャパン・ディグニティ』
定価：本体 1,300 円＋税
カバー画：とみこはん

おひさまジャム果風堂

爽やかで切なくて、力強い、キャラクターノベルの新境地！

数年間、音信不通だった妹・サトミが急逝し、拓真（二十七歳）はサトミの子ども・昌（八歳）を引き取ることに。すべてに無関心だった昌が、唯一、興味を持ったのがジャム作りだった。

気難しい昌との同居生活は行き当たりばったりのものだったが、何となく楽しく、面白くて……。

『おひさまジャム果風堂』
定価：本体 1,200 円＋税
カバー画：深町なか